「セシル」
「はい」
「似合うよ」
「ありがとうございます！」
飼育員セシルの日誌 1
Keeper Cecil's Diary
～ひとりぼっちの女の子が新天地で愛を知るまで～
紺染幸
Illust.風はとば

コールサック
若手のボス。
賢い、力が強い、
意外と愛情深い
セシル＝バルビエ
天涯孤独の少女。
オークランス牧場で
ランフォルの飼育員として
元気に働く十六歳
オスカー＝
オークランス
セシルの雇用主
レアン

アラン＝バーリ
オスカーの友人
ピオ
野菜屋の少年
アデリナ
ポスケッタの町で暮らす夫人
ニコル＝アレアン
新米飼育員
ノワ
ヴィガ
トロー
フィゴ

「……あれ」
ぽろ、と涙が落ちて驚く。
「すいません。
なんか、……幸せだなあって」

飼育員セシルの日誌 1

Keeper Cecil's Diary

ひとりぼっちの女の子が
新天地で愛を知るまで

Sachi Konzome

紺染幸

Illust. 凩はとば

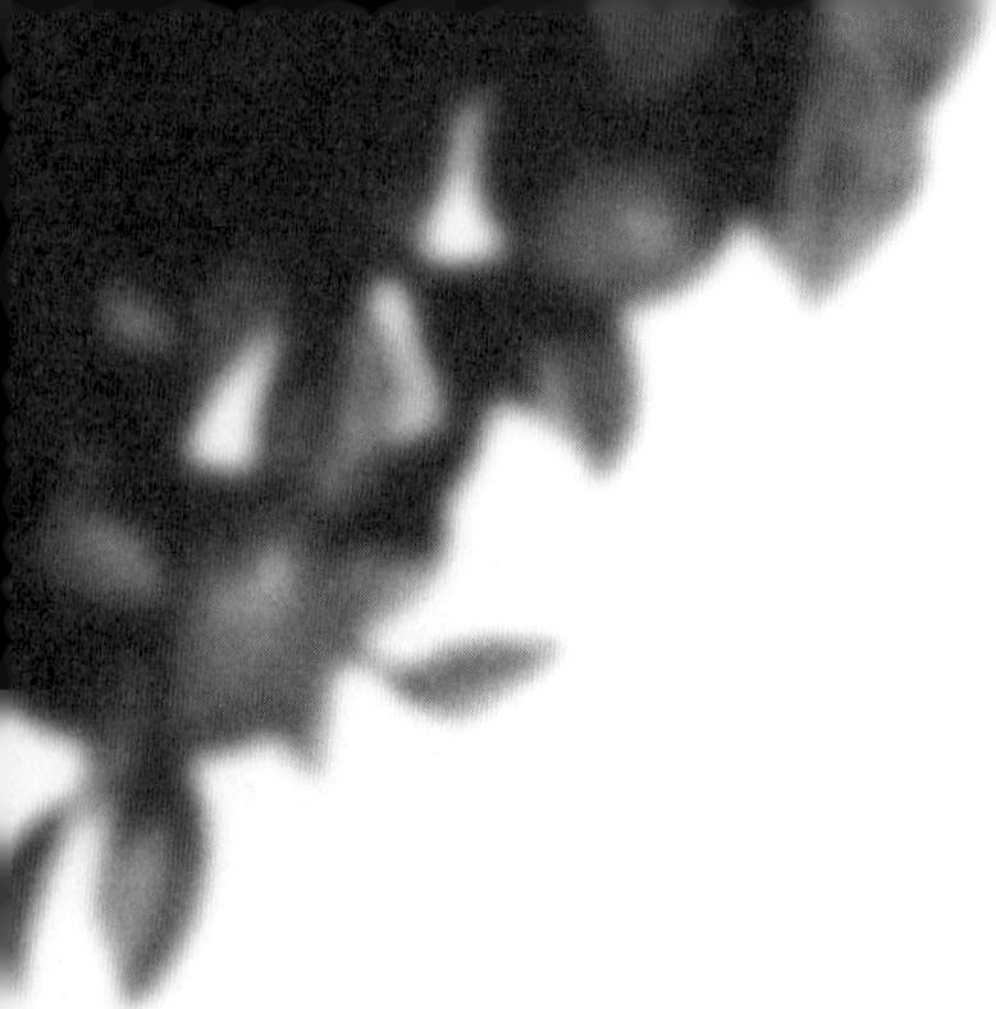

Contents

一章　出会い……003
二章　卵と雛とクア……039
三章　赤の記憶……094
四章　春来る……138
五章　再始動……177
六章　コンクール……242
七章　黒色に飛ぶ……282

一章✦出会い

セシルは飛んでいる。

目の先には空が、どこまでも青く透明に広がっている。

冬の終わりの空気を胸いっぱいに吸い込み、白い息を吐く。

周囲を見渡し、タイミングを計って人には音の聞こえない笛を吹く。お願いの通りに上手に、彼は風に乗ってその翼を羽ばたかせる。

世界が回転する。ああ、気持ちいい。最初は少し怖がりな子だったけど、セシルにすっかり慣れてくれた。薄茶の羽毛が太陽に透けてきらきらと光っている。

楽しげに生き生きと力強く風に乗る様子を涙が出そうなくらい嬉《うれ》しく思いながら、セシルは腕を伸ばし、ふわふわな彼の首を撫《な》でた。


「ん？」

ずいぶんいい動きするのがいるな、と思いながら、オスカーは訓練場を見た。

大きな鳥たちと、それに跨《また》がる人間、鳥の首紐《くびひも》を引き歩く者たちの姿がある。

その中で、動きのいい一組がいる。乗り手はまだ少年だろう。背が低く身が細い。息の合ったいい動きで余裕をもって正確に飛び降りるべき場所に着地し、ふわりと大鳥――ランフォルの背から

地に降りた少年が、そのままランフォルの首に抱きついている。その短い蜂蜜色の髪をランフォルが敬愛の証《あかし》として食《は》んでいる。お前ら仲良しか。

彼はそれに応え、愛《いと》しげにパートナーを撫でながら、しっかりと翼、脚、爪の確認をしている。ランフォルは賢い鳥だ。心通わす信頼した相手であればすぐに自らの負傷を伝えるが、していない場合は上手に傷を隠す。自分の弱みになるからだ。

おおいに信頼関係があることは窺《うかが》えるのに、彼はしゃがみこんで隅々までその確認をしている。歳《とし》のわりに随分とランフォルの扱いに手慣れながら、基本中の基本をしっかりと守る様子が好ましい。

「あの子は誰だ？　ジェフ」

「あの、右端の子かい？」

「うん」

「ラルジュ牧場のセシルだよ。ランフォル大好きないい子だけど、新しい経営者と合わなくて最近大変らしいなあ。まあ跡取りがあの馬鹿息子じゃ、誰もが大変だろうけどな。ベンノはランフォルを育てるのは上手《うま》かったが、子育てはそうもいかなかったと見える」

「そうか……」

顎に手を当て、オスカーは考えている。

牧場ごとに飼育の方針は違う。厳しく、人間に従順になるよう育てるところもあれば、おおらかに、愛を持って育てるところもある。牧場の方針が飼育員のそれと合えばお互いに幸せだが、残念ながら必ずしもそうとは限らない。

あの子どもは完全に後者だろう。そしてその方針は、オスカーのものと変わりない。

「ラルジュ牧場のセシル」

忘れないよう、オスカーはその名を頭の中のメモに書き込んだ。


「ふう」

ピカピカの太陽の下。セシルは大きな荷物を持って、ポスケッタという町のあるお屋敷に続く広い庭を歩いている。

セシルはランフォルの飼育員だ。祖父母がやっていた牧場で十二歳まで育ち、この四年間はラルジュ牧場で働いていた。

前の牧場主ベンノさんは厳しいけどランフォルに優しい人で、セシルの言うことも、丸飲みにはしないもののよく聞いてくれた。事故で死んだ祖父母の牧場の土地を牧場の形のまま借り上げ、負債も飼育中のランフォルたちもそのまま受け入れて、そこにセシルを雇ってくれたセシルの大変な恩人だった。

歳をとって病気になり思うように動けなくなってしまい、今は屋敷の一室で静養している。ベンノさんは気難しく、メイドさんにきつく当たってしまうこともあって、ごはんを運んだりシーツを替えたりの雑用はセシルが引き受けた。

『お前を解雇する。セシル＝バルビエ』

ある日突然呼び出されて向かった執務室で、セシルは新しい経営者にそう言われた。

ずっと嫌な予感はしていた。新しく牧場主になったベンノさんの息子は、ベンノさんと仲のいいセシルを昔から徹底的に嫌っていた。飼育の方針もベンノさんとは真逆で、ベンノさんが元気な頃はよくぶつかっていたものだ。

牧場を去る前、最後にベンノさんに挨拶をさせてほしいというセシルの願いが受け入れられることはなかった。泣く泣く荷物をまとめ、セシルが担当しているランフォルたちのこれまでの記録を牧場の仲間に渡し、皆とランフォルたちに挨拶をしてセシルは長年暮らした思い出の牧場を後にした。

なんの後ろ盾もない、風が吹けば飛ぶような一介の雇われ人。上の方針でセシルの首ごときどうとでもなる。

最後の命綱。受け取ったときは断ろうと思っていた一通の手紙を持って、セシルは見知らぬこの土地に来た。雇ってもらうために。

大きな屋敷のベルを鳴らす。優しそうなお婆《ばあ》さんのメイドさんが微笑《ほほえ》んで、セシルを一室に案内してくれた。

お茶を置かれ、しばし部屋で一人。やがてノックののちに誰かが入室してきたので、セシルは立ち上がった。

大きな男の人だ。背が高くて足が長くて、腕がとっても筋肉質。茶色の髪を無造作に後ろで束ね、青い瞳を見開いてセシルをじっと見ている。

「セシル＝バルビエと申します。お手紙、誠にありがとうございました！」

「……」

男がじっとセシルを見ている。頭から、爪先まで。

何かそんなに見られるほど変な格好をしているだろうかとセシルは焦る。普段作業着か騎乗用の服しか着ていないから、スカートを穿《は》くのはセシルも久々なのだ。

それから彼の目がふと自分の前髪を見たのがわかった。そこは何故《なぜ》か一束だけくるんと上に向かってしまうのだ。動くと揺れるからつい見たくなるんだろう。

「……君は」

「はい」

「女装癖があるのか？」

「…………はい」

ああ、絶対勘違いされたんだなと思ったので、セシルはなるべくきりりとした顔をして声を低くして答えた。ここで職にあぶれるわけにはいかない。セシルはもう、帰りの馬車代すら持っていない。

男が頭を抱えた。あ、この人苦労性だなと思った。なんとなくだ。

「なんで今いけると思った！……女子だったか……」

「……ごめんなさい」

「……髪が短いのは？」

「ランフォルにかじられると痛いので、昔からずっとこうです」

「そうか。……いや、そうだよな俺が悪い。思い込みで、確認しなかった。……そうか。いたっておかしくないんだ。そうだよなよく考えれば少年にしたって、小さすぎるよな……っていうかどう見たって女子だろうなんだ俺の目腐ってんのか。ダメだもう自分に自信が持てなくなってきた」

「……」

彼が激しく自分を責めている。真面目か。自分のせいではないぞと思うものの、こんな立派な男性がこうなっているのを見て、セシルはなんだかすごくいたたまれない。

「ええと……小さいですが力はあります。餌を運ぶのも、糞《ふん》の掃除も、羽や爪のお世話も、なんでもできます」

「……それは心配していない。それができない人間にランフォルが懐くわけがない。能力のことは飛んでる姿からわかってるつもりだ。……ただなぁ……」

がしがしがしと頭をかいている。手が大きいなあと思う。伏せられていた顔が上げられ、青い目がセシルを見た。

「……俺は独身だ」

「へえ」

へえ。

「そして君の部屋は、屋敷の中に一室整えた。一つ屋根の下、嫁入り前の若い娘が男と二人きりで暮らすのか？」

「あ、だったら厩《うまや》で寝ます。ランフォルと一緒に寝れば寒くもないですから！」

「そんな劣悪な職場環境があってたまるか！　夏は暑い、冬は寒い、糞もするし虫は出る！　羽で外に放り出されて風邪引いたらどうする！」

名案でしょうそうでしょうと身を乗り出したセシルの前で、男の手のひらがテーブルを叩《たた》いた。

なんだこの人すごい優しいな、怒るところがお母さんか。

まっとうな正論で善意がありすぎてつけこめず、ぐぬぬぬぬとセシルは唸《うな》る。

待遇、労働環境、お給料。どれも魅力的なこのオファー。セシルはどうあっても手放したくない。

何より方針が魅力的だった。祖父と祖母が考えていた、ランフォルの気性を優先させる自由な飼育。前のような方針の違う牧場じゃもう嫌だ。セシルは絶対にここで働きたい。

「わかりました。じゃあいいですお手付きにしていただいても大丈夫です！　ランフォルのためならちょっとくらい嫌なことがあったって、血の涙を流して歯を食いしばって我慢します！」

「そこは我慢しちゃダメだろうもっと自分を大事にしなさい！　君はさっきから本当に！　まったくもう！」

すごい怒った。ああ、この人絶対すごいいい人だ。ちょっと面白い。

二人ともテーブルに手をつき、譲らんぞという顔で互いを見ている。

やがて男が息を吐き、諦めたような顔で、椅子に腰かけた。

「まあ、そこは大丈夫だろう、とは、思う」

「ほう。ちなみに好みのタイプは」

「こう、……なんだ。……ッバーンとした、婀娜《あだ》っぽい……」

「初対面で性癖の全開示ありがとうございますやったあ正反対！　ちょろりんでよかった！　何も問題ないですね採用ですね！『うちに来い』ってお手紙を信じて、行きの馬車代に有り金全部はたいてもう帰るところのない可哀想《かわいそう》な人間はどこにもいませんね！　よかったあ！」

「……一人で全部できるやつは正直喉から手が出るほど欲しい。まあ、……うん。採用する。俺が頼んで、わざわざ来てもらったんだから」

「やったあ！」

両手を上げてセシルはぴょんと跳んだ。神様ありがとう天国のおじいちゃんおばあちゃんありがとう。今度の主人が、すごくいい人そうでよかった。

「跳ぶな跳ぶなすごいな君のジャンプ力。今スカートなんだからやめなさい。やめなさい。やめなさい。……よし。早速騎乗服に着替えて来てくれ。牧場と、皆を紹介しよう」

「はい！」

嬉しい。楽しみで仕方ない。勇気を出して有り金はたいて馬車に乗って本当によかった。セシルはホッとして、満面の笑みを返す。ふっと男が笑った。

「失礼、申し遅れた。オスカー＝オークランスだ。よろしくセシル。遠くから、うちに来てくれてありがとう」

「セシル＝バルビエです。お声掛けありがとうございます。これからよろしくお願いしますオークランス様」

「堅い」

「じゃあ、……オスカーさん」

「一気に飛んだな。それでいい」

雇用成立と親愛の握手。やっぱり大きい手だなとセシルは思った。


「うわあ……」

広い。広い広い広い。瑞々《みずみず》しい芝生と白い柵が、真っ青な空を横一線に切り取っている。

革でできた騎乗服に着替え、革のヘルムを被《かぶ》り金属製のゴーグルを額に当てた格好で、セシルはそこを全力で走る。

「ラルジュより田舎で悪いな。おかげさまで土地だけは広い」

「いいところです！　最高！」

見渡せば遠くに青々とした山が広がっている。あれをよけながらぐんぐんと飛んだなら、いったいどんなに楽しいだろう。

「今うちでは八羽飼育してる」

「こんなに広いのに？　贅沢《ぜいたく》ですね」

「一度、手放せるのは手放したんだ。家族が死んでな」

「……」

「少し前このへんで病気が流行《はや》った。それで父と母がやられた。父と母、このへんの人たちのために薬を取りに行こうと、兄は中央に飛んだ。夜。トゥランの民でもないただの人に、そんなことはできなかった。一晩待てばよかったのに。……真面目で、頑固で、責任感の強い兄だった」

「……」

「俺は軍でランフォルの乗り手をやってたんだが、訃報を聞いて、辞めてこっちに帰って来たんだ。従業員も年寄りが多くて、これを機に辞めたいという人もいて。がっかりさせたらすまない。ここから再スタートのところだ」

「むやみに増やしたって、世話が行き届かなくて可哀想なだけです。ここからやってきましょう。頑張ります」

「ああ。ありがとう」

オスカーが笑った。なんとなくくたびれてる感じのある人と思ったが、実際のところはまだ若いだろう。

「オスカーさんは何歳ですか」

「二十三だ」

「えっ。お若いんですね」

「老けてて悪かったな。苦労性なんだ」

「わかります」

「なんでわかった？　セシルは十六だったか」

「はい」

「若いな」

「はい。でもオスカーさんは十六のときでも老けてたでしょう」

「なんでわかった」

話しながらてくてく横並びで歩いている。

「誰か、卵を抱いていますか？」

わくわくして聞けば、オスカーが嬉しそうに笑った。

「ああ。今年はカップルが二組残った。卵が二つだ。新しい飼育員が入ったら、あと二つくらい探しに行きたいなと思っていた」

「楽しみです！」

ランフォルは野生にもいる。用心深くめったに人前に姿を現さないのだが、彼らには不思議な習性がある。二つ以上卵を産んだとき、その中から選んだ一つだけしか温めないのだ。

何故捨てるのか、何故その卵を選ぶのか、人にはわからない。卵を抱く期間が二月《ふたつき》くらいあり、幼体から成体になるまで半年以上の時間を要するから、生命力の強いものを選別しているのではないかという考えが主流だ。

その見捨てられた卵を飼育員は探し、育てる。牧場内で見捨てられてしまった卵と併せてだ。

雛《ひな》は可愛《かわい》い。でも大きい。腕にやっと抱えられるくらいの大きさの卵から、枕くらいの大きさのふわふわが生まれて、最初に見た人にずっとついてくる。

三羽の雛の担当になってしまったときは大変だった。一日中むくむくのふわふわがクァクァ言いながら押し寄せてくるのだから。一日に食べる量も半端じゃないし、まだ加減を知らず、親よりは丸いながらも立派にとがったくちばしでつんつんと甘えてくるから傷だらけだった。

でも、幸せな経験だった。彼らが初めて空を飛んだときは、感動で涙が止まらなかったものである。

「じゃあ、ご対面。ここはカップルだ。言うまでもないと思うが許しもないのに近づくなよ。オスがスピカ、メスがオルテンシア」

オスのスピカが、縄張りに入ろうとする見たことのない人間セシルを警戒している。

ランフォルは、似た鳥を探すならば鷲《わし》に似ている。鋭い鉤爪《かぎづめ》、尖《とが》ったくちばし。黄金色の瞳。羽根の色は個体によって異なるが、頭と脚の羽根が白く、体の部分が茶、銀、黒が一般的。中には全身金色のものもいると聞くが、セシルは見たことがない。

鷲よりもずっと大きく、ずっと賢く、ずっと強い。目の前で牛を摑《つか》んで飛んで行ったという目撃情報もある。牧場に住まう彼らは人に共生することを許し、自分でそこに住むと決めたからそこに住んでいる。

「失礼」

「はい」

オスカーがセシルと肩を組んだ。見知らぬこの人間は、彼らにとって信頼する人間であるオスカーと仲良しなのだと、彼らに伝えるためだ。

オスのスピカがまだじっと見ている。鳴かない。ググルゥと巻くように鳴けば近づけるのだが、どうやら初日では無理のようだ。卵を抱く時期のランフォルは警戒心がとても強い。

「今日はここまでで大丈夫です。ありがとうございます」

「うん。そうだな。去年生まれたやつらのところに行くか。卵がないやつらは穏やかだ」

「はい」

また歩む。

広い場所に、四羽。銀色の個体の体が特に大きくて、立派だ。

「銀のがオスのコールサック。若手のボスだな。力が強くて賢いから、舐《な》められないようにしてくれ。黒がオスのアルコル。穏やかで優しい。実はアルコルのほうがメスにモテる。濃茶のがメスのネルケ。割と暴れん坊。薄茶がメスのフラーゴラ。彼女は少し臆病だ」

つんつんと互いをつつき合ったり、毛づくろいをしたりして遊んでいる。

ああ、いい牧場だなと思った。流れる空気があたたかく、やわらかい。皆の表情が穏やかで落ち着いている。

「乗らせてくれる子はいますか？」

「まあ、アルコルだろうな。アルコル！」

呼べば黒の子がこちらを向き、ググルゥと鳴いて歩み寄って来た。

一歳とはいえもう子どもではない。その巨体を、セシルは見上げた。

「セシルです。よろしくアルコル」

じっ、と、黄金色の目がセシルを見る。

そのくちばしが近づき、そっとセシルの髪を食んだ。オスカーの意図をくみ取ったのだろう。賢くて優しい子だ。

「ありがとう。アルコル。君の背中に乗ってもいい？」

そっと首を撫でればググルゥと鳴く。オスカーを見れば、いいだろうと頷《うなず》かれた。

アルコルの背中に鞍《くら》を固定する。ぎゅっと締めすぎるとランフォルが苦しいが、緩すぎると今度は自分が危ない。跨って鐙《あぶみ》に足を乗せ、ぐるりと体に回した三本の太く頑丈なベルトを確認する。

下半身はがっちり固定し、上半身は動ける状態だ。上昇するときは風の抵抗を少なくするようぴったりと寄り添い、左右に旋回するときは乗っている子に合わせて体重を移動する。これはもう、感覚でやるしかない。

どきどきする。牧場を追い出され、ずっと馬車の旅だった。久しぶりにランフォルに触れられるのが、飛べるのが嬉しい。

「笛は教科書通りですか？」

「ああ。そのままだ」

一応口笛で確認。うん、大丈夫だ。

最後に金具を二人で確認。慣れるほどに省略する人も多いが、セシルはできるときは必ずやることにしている。

オスカーも銀色のコールサックに跨ったので、セシルはアルコルに乗った状態で彼の金具を確認した。問題ない。

「よし」

空を見上げた。わくわくするほどにそれは青く、広い。

「お願いアルコル。行こう」

笛を吹けばアルコルは翼を広げ、一直線に空を縦に切り裂き飛び上がった。

おなかがぞくぞくする。涙が出るほどワクワクする。この瞬間を、セシルは世界で一番愛している。

やがて上昇をやめさせ、穏やかな風に乗った。この世界は広く、美しい。

隣をオスカーの乗ったコールサックが飛んでいる。雲が、下の世界の色が、後ろに流れて消えていく。

ついてこい、と手振りをされたので手を上げて答えた。まるでセシルを試すように、大きな旋回ののち上下を繰り返し、山を一周ぐるりと回ってから加速した。

それでもまだまったく全力じゃないだろう。ついていくのは難もない。

横に並んで、そのゴーグルの中の青い目を見た。にやりと笑っている。

ああ、楽しい。最高に楽しい。高速で、音のないこの世界。ここは世界の全てを見渡すことができる。

しばらくそうして空の散歩をし、二羽と二人は牧場に降り立った。

金具を外し地面に降り、セシルはアルコルの翼、脚、爪を確認する。ときどき飛んでいる何かが体をかすめ、彼らに傷を作ってしまうことがある。たいていの場合問題なく治るが、変なものが入って、最悪切断しなくてはならない羽目になることがあると聞く。セシルは別の人の担当で、一度だけそうなったランフォルを見た。全てを悟り諦めたような色の金の目が、とても悲しかった。

「ありがとう、アルコル」

ググルゥという声に、そっと抱きつく。この子は本当に優しい子だ。

「初日はここまでにしとこう。風呂でも入って部屋で休んでいてくれ。飯にする」

「オスカーさんが作るんですか？」

「いや、近所の婆さんが通いで作ってくれてる。割と美味《うま》いから、楽しみにしてくれ」

「誰かの作ってくれたお料理はひさびさです。楽しみだな」

「一人暮らしだったか？」

「はい。小屋を一個借りて。自分で適当に作って食べてました」

「そうか」

屋敷で分かれ、セシルは自分の部屋だと案内された場所に入った。

屋敷自体が古いので、ほこりだらけだったら掃除しなきゃと思っていたが、中は隅々まで掃き清められ清潔だった。古びた家具の間に石と木のぬくもりがあって、飾り気はないけどあたたかい。

「なんだかオスカーさんぽい」

言って、セシルは笑った。こういうものに囲まれて育ったから、きっとあんなふうになったんだなど。

口頭で説明されただけだったので少し迷ったが、お風呂場も見つかった。

薪《まき》で沸かすやつかな？　と思ったら、とろみのあるお湯に独特のにおいを感じた。

一度だけ祖父、祖母と行った旅行先で入ったあれだとセシルは気付く。温泉《テルメル》。地面から湧き出る天然のお湯だ。体の疲れを取ったり、傷を早く治してくれる効能がある。

「……ここに来てよかった！」

感動に打ち震えながら、セシルはその恩恵を、遠慮なく頭の先まで味わわせていただいた。


湯上がり。体の奥からぽかぽかしてずっと温かい。

また『女装か？』と言われても困るしセシルも慣れているので、男性と同じような服で食堂に向かう。椅子が四つ並ぶテーブルが六つ。あと二つくらい置けるだろう広めの間隔を空けて並べられている。

いいにおい。バターの香りだ。ぐうと見事におなかが鳴った。

「なんかすごくわかりやすいやつがいるな」

後ろから来たオスカーが笑っている。セシルはオスカーを振り向いて見上げた。

「いっしょに食べるんですか？」

「そっちのほうが、出すのも片づけるのも楽だろう」

「本当だ」

オスカーが厨房《ちゅうぼう》の奥に声をかけた。

にこにことした、背の小さな可愛《かわい》いお婆さんが現れた。ワゴンを引いて、オスカーとセシルの前に湯気の出る料理を並べてくれる。

焼き目の付いた鶏《とり》のもも肉。レモンと焼き野菜がカラフルに添えてある。具がゴロゴロ入ったトマト味のスープ、こんがり焼かれたパンに、チーズを添えて。見た目だけでもう美味《おい》しそう。よだれを零《こぼ》さないよう必死で飲み込んで、セシルはじっとオスカーを見た。早く早く。

「そう急《せ》かすな。食前の祈りはするタイプか？」

「はい」

「そうか。俺もだ」

今日も実りを与えてくれた大地の神と、戴《いただ》く命に、二人は胸に手を当てわずかに頭を下げた。

「いただきます」

「いただきます」

そうしてスープ、パン、鶏肉。塩と胡椒《こしょう》だけのシンプルな味わいがパリパリの皮に絡んで、それはもう美味しい。セシルはにっこりした。

「美味しいです。本当にここに来てよかった」

「現金なやつだ」

「ランフォルはみんないい子で、可愛くて、かっこよくて、それにごはんが美味しくて、温泉があったかくて、雇い主が優しいなんて最高です」

「雇い主の位置づけが低いな。まあいい。いいならよかった」

がらんとした食堂をセシルは見まわした。

「牧場はこの二人だけでやるんですか?」

「何人か声をかけてるけど、返事がないな。餌作りとか、ごみの処理とかそういうのは近所の人に手伝ってもらって、しばらくそれでやるしかないだろう。家のことは何人かやってくれる人がいるから、セシルはランフォルに集中してくれ」

「最高ですね。夢みたいです。ありがとうございます」

じっとオスカーがセシルを見たので、セシルは何だろうと思い見返す。

「その代わり休みはない、素敵な服や可愛い靴を買い物できるような店もない。毎日毎日労働労働、ランフォルランフォルランフォルランフォルだ。荷物まとめて帰るなら今だぞ。後になればなるほど俺のショックが大きくなるからな」

真剣な顔をしているオスカーに、なあんだとセシルは笑う。

「死んでもまとめません。望むところです。幸せな生活すぎて想像するだけで死にそうです」

「そうか」

心からそう思いながら言うと、オスカーが笑った。

知らないものがあったのでオスカーに食べ方を聞き、言われたとおりソースに浸して食べる。美味しさに思わず笑い、そんなセシルの反応にオスカーが笑う。

こんなふうに誰かと笑いながら食べる食事は久しぶりで、美味しくて楽しい。祖父と祖母を失ってから、セシルはずっと一人でごはんを食べてきたのだ。

「オスカーさんはいっぱい食べますね」

「体が資本だからな。セシルもいっぱい食え。大きくならないぞ」

「ッバーンと？」

「背のことだ」

食べ終わっても、ランフォルのことで話は尽きない。

この人は本当にランフォルが好きなんだなと嬉しくて、楽しくて、話し疲れるくらい話した。

興奮冷めやらぬまま一人の部屋に戻り、ベッドの上。今日のいろいろなことがグルグルと頭を回る。

なんだか眠るのがもったいない。でも眠れば、また明日みんなに会える。

こんなに嬉しい気持ちで眠るのはいつぶりだろうと思いながらセシルは目を閉じ、あっという間に深く、快く眠った。

久しぶりに、青い空を自由に飛ぶ夢を見た。


「おはようございます！」

「おうおはよう。早いな」

「はい。わくわくしちゃって眠れませんでした。たっぷり寝ましたけど」

つなぎの作業着を身にまとい、セシルはにこにこしながら朝食の席に着く。カラフルなお皿が湯気を立てて並んでいる。

「朝ごはんまで美味しそう……」

「いっぱい食えよ」

「はい」

なんだろうオスカーさんてすごくお母さんぽいなと思いながら、サクサクのパンをかじる。ジャムが三種類、バターが一種類。白いふわふわしたのは何だろうと思ってパンにのせてみたら、甘いミルクのクリームだった。口に入れた瞬間にふわりと溶けて広がって、思わずほっぺたがとろけてしまう。もったいないけど飲み込んで、セシルははあと胸を押さえて息を吐く。

「幸せ……」

「生きやすそうなやつでいいなぁ」

オスカーはバター派らしい。いやちょっとジャムものせている。炙《あぶ》られた燻製肉《くんせいにく》はじゅわじゅわのカリカリ。チーズの入ったオムレツは、それはもう伸びる伸びる。楽しくて美味しい。

「美味しいです！　今日もありがとうございます！」

「おう」

厨房から人。てっきり昨日のお婆さんが出てくるのかと思ったら、お爺《じい》さんだった。背が高いが痩せていて、右目の上に傷痕がある。

「マル婆は朝は別の仕事があって夜だけだ。ゼフ、これは新しく入ったセシル」

「セシルです！　よろしくお願いします！」

「おう。元気でいいな。いっぱい食えよ」

「はい！　美味しいから朝からいくらでもいけそうです！」

「そうか」

にっとお爺さんが笑った。鋭く気難しそうだった顔が一気に親しみやすく、優しいものになる。

「朝昼はゼフ爺、夜はマル婆。よく考えてみればホントに年寄りしかいないな」

「そりゃあ悪かったな旦那様。気ぃ抜くと死ぬんで早く若いの連れてきてください」

「嫌ですこんなに美味しいのに！　お願いだから長生きしてください！」

「おお。ありがとよ」

笑いながら料理人は厨房の奥に消えた。

「今日は一通り教えるな。物の場所とか、手伝ってくれてる人の名前とか。記憶力はいいほうか？」

「ランフォルに関わることなら忘れません！」

「心強い。……本当に好きなんだなあ」

オスカーにじっと見られたので、セシルは張り切って頷く。

「はい。世界で一番好きです！」

「そうか」

オスカーにくっついて牧場を歩む。ランフォルたちにもご挨拶。まだカップルたちには触らないほうがいいようだったので、その分アルコルにたくさん甘えさせてもらった。今日も彼は優しい。

どうしてランフォルってこんなにふかふかで、お日様みたいないいにおいがするのだろうとセシルはいつも思う。こうやってずっとうずまっていたい。

ランフォルはなんでも食べる。お肉も、お魚も、野菜も。特に好きなパロンの実は春の果物だから、きっともうすぐ森に生《な》り、市場にも並ぶだろう。嬉しそうにあれを食べる姿を頭に思い描きながら、セシルはアルコルを撫でる。

するとと濃茶のランフォルが、ググルゥと鳴きながら歩み寄ってきた。

「ネルケ」

『暴れん坊』のメスだ。撫でてもいいかとオスカーを見る。

「ネルケは好奇心が強いからな。新しい人間を面白がってるんだろう。変なところ撫でるとつつくから気をつけろ」

「じゃあ、触るねネルケ。嫌だったら言ってね」

親愛の証に、ぎゅっと体を寄せ抱く。

ああ、ふわふわだ。最高だ。

首の羽根の流れに逆らうように撫で上げる。ググルゥと鳴いたから、ここでいいらしい。

おなかも。尾羽は嫌がる子が多いからやめておく。

しばらくそうやっていたら、近くにアルコルがいた。ぐりぐりと体を寄せられる。

「もう少しなでなでする？　アルコル」

ググルゥと鳴く。大好きな感触に挟まれて、セシルは嬉しい。

本当に、嬉しい。このふわふわを、セシルはまた毎日たくさん撫でていいのだ。

「飯は終わったから朝の散歩だ。誰に乗る？」

「じゃあ今日はネルケに乗ってもいいですか？　ありがとうアルコル。みんなの特徴を早く知りたいんだ。また乗せてね」

アルコルにくちばしで髪をハムハムされた。優しくかじられてるから痛くない。やっぱり優しい子だ。

ネルケの背中に鞍をつけ、アルコルに跨ったオスカーと互いの金具を確認し合い、今日も飛んだ。オスカーの後ろをセシル。その後ろにコールサック、フラーゴラが続いた。

朝の清澄な空気が頬に当たり、冴え渡る光が眩《まぶ》しい。

ああ、もう春が来る。冷たさを残す空気に混じる、甘い香りが嬉しい。

ネルケはちゃんとセシルの笛の言うことを聞いてくれた。暴れん坊だったのは雛のときだけだったんじゃないかなと思いながらセシルは彼女の首を撫でる。音への反応が早い。とても賢い。そして勇気と度胸がある。生命力溢《あふ》れる強い子だ。

昨日よりも速く、難しい道を飛んだ。飛んでいるときセシルは何も恐れない。セシルはこの瞬間のために生きている気さえする。

楽しい散歩は、あっという間に終わってしまった。

「よし、じゃあ今度は厩を掃除して、飯にしようか」

「はい」

返事をして歩み寄った。ヘルムを外してなんとなく頭をプルプルとしたら、オスカーの指がわずかに動き、止まった。じっとセシルはそれを見る。

「……今、ひょっとして髪の毛摘《つ》まもうとしました？」

「……すまん。なんかそうしなきゃいけない気になった」

「多分ですけど気のせいです」

「だよな。それは勝手に立つのか？」

「勝手に立ちます」

「じゃあしょうがないな」

「はい。だからあんまり気にしないでください」

屋敷に戻ろうとすると、道の向こうから女の人が歩いてきた。

「アデリナさん」

「こんにちはオスカーさん。こないだ言っていたおすそわけ……」

優しそうな、ふんわりした雰囲気の四十代くらいの女性が、籠を差し出しかけてはっとしたように動きを止めた。

セシルを凝視。両手でぱっと口を押さえたので籠が落ちた。優先順位とは。

セシルに固定されたままで見開かれたアーモンド色の瞳に、じわじわと涙が浮かんでいる。

「おめでとうルイス……ようやく念願のお嫁さんね」

「ルイス？」

「死んだ母だ。あのなアデリナさん、こいつは……」

「『孫を抱きたいのにうちのぼんくらたちが誰も結婚しない』、ようやくあなたの夢が、今、ここに！　ボーイッシュで元気そうなすっごい可愛い子よルイス！　あんたんちのぼんくらがやりましたよ！」

「アデリナさん……」

「ちょっと旦那に報告してきますね。あ、その籠、うちの庭のナップル。よかったら食べて」

「落ちてますよ」

「あらやだごめんなさい。でもいいわよね籠に入っているものね。はいどうぞ。じゃあ私はここで」

「アデリナさん！」

らんらんらんとスキップせんばかりの足取りで、女性は去った。

「……」

なんだか気まずい空気が流れているが、まあ仕方がない。ぼんくらって二回言われてたし、セシルは褒めてもらえたから、今可哀想なのはオスカーのほうだろう。

黄色のナップルが入った籠をオスカーが拾い、一度屋敷の裏口に寄ってから厩に向かった。

夜ランフォルたちが眠る場所だ。ふかふかの藁《わら》が敷き詰めてある。ランフォルたちはきれい好きなので、毎日藁を入れ替えてあげなくちゃいけない。

大きなフォークを手に、古い藁をかき出していく。足腰と体力を使う作業だ。黙々と、淡々と、手分けして行う。コロコロと丸いのは糞。いろんなものをいっぱい食べる彼らから出るこれは、いい堆肥になるので集めておく。

汗が額を伝うが手は止めない。彼らにはふかふかに、幸せな気持ちで眠ってほしい。

新しい藁を入れた場所にお日様の光が入り、清浄な空気が通り抜け、ほっとする。

「お疲れ」

オスカーが差し出してくれた布で顔を拭う。さっぱりする。見ればオスカーも汗まみれで、一仕事したなあという感じがする。

「おなか減りました」

「ああ。戻ろう」

「はい」

そう言って屋敷に戻れば、照り照りに焼けたお肉がどんとのった何かを出され、ぐううと正直におなかが鳴った。スープは野菜たっぷりで、肉のお団子が浮いている。

ナップルはさっそく搾ってくれたらしい。いかにも酸っぱそうな黄色いジュースが添えてある。

よだれを零しそうな顔でオスカーと頷き合い、胸に手を当てて頭を下げた。

「いただきます」

「いただきます」

スプーンですくう。白い粒々が、お肉の下にふんわりと敷いてあった。

「これ……」

「リーソあんまり食べないか？　ラグーの移民がよく食べてるやつだ」

「……サラダでは少し食べたことがありますけど、こんなには初めてです」

「多分ちょっと種類が違うだろうな。まあ、食ってみろ」

照り照りのお肉と一緒にスプーンにのせて口に運んだ。セシルは目を見開く。

濃厚なソースが甘い粒々にからんで広がる。噛《か》むたびに徐々に味が混ざっていく。濃い味をやわらげ、肉から滲《にじ》み出す脂を抱き締め、やわらかくあたたかくおなかに落ちる。

「……」

「泣くな」

「……本当に……ここに来てよかった」

「これまで何食べて生きてたんだまったく。ゼフ！　セシルが泣くほど美味いってさ！」

「おう。そりゃよかった」

厨房の奥から声だけ返ってきた。オスカーが笑い、大きな一口でぱくりと食べて、うんと頷く。

「俺もこの家を出て、軍に入って一番後悔したのは飯だったよ。あっちは基本パンだもんな。ゼフの飯が食いたくて食いたくて、夢にまで見た」

「わかります。小さい頃から食べてたものって、疲れたとき食べたくなりますよね」

「ああ。セシルはあるか？　なんか思い出の飯」

「……」

思い出の味。もう、思い出の中にしかない味。

「……ばあちゃ……祖母が焼いてくれる、お肉がぎっしり入ったパイが好きでした。いろんなハーブが入った、面白い味の、祖母の特製のパイ。祖父も大好きで、競争するみたいに食べて、祖母がそれを見て、あらあらって笑うんです」

「……」

「必ず少し酸っぱいトマトのスープと一緒に出てくるんです。こう、丸い小さくしたもちもちが入ってるやつ。……なんだか、思い出したら食べたくなってきちゃいました」

「……セシル、家族は？」

聞かれて彼を見た。青い目が、真摯な色でセシルを見ている。

セシルは首を振った。セシルにはもう、家族はいない。

「両親と兄弟はもともといません。十二歳のときに、祖父と祖母も死にました。町で、馬の事故で」

「……そうか」

二度と食べられないパイの味と祖父母の笑顔を思い出し、少し胸が痛んだ。

「悪い」

セシルは顔を上げる。本当にいい人だなあと思う。そんな痛そうな顔をしないでほしい。

家族を失う痛み、自分一人だけが世界に残される悲しみを、この人もまた知っているのだった。

セシルは笑ってオスカーを見返す。

「いいえ。いいんです。こうして二人を思い出せるのも、誰かに二人のことを話せるのもすごく嬉しいから。美味しいですねオスカーさん」

「ああ。美味いな。きっとおかわりできるようにしてくれてるから、いっぱい食え」

「大きくなるために？」

「背がな」

「他だってまだ逆転のチャンスがあるかもしれないじゃないですか」

「ああ、そうだな」

絶対信じてないオスカーと、自分でも無理だろうなと思っているセシルは味わいながら昼食を一粒残さず平らげ、おかわりしてそれも空にし、また牧場へと向かった。

自分たちだけおなかいっぱいになっているわけにはいかない。ランフォルたちもお昼の時間だ。

「ようピオ。今日もありがとうな」

「お得意様だからね。これくらいいつだって……」

草原の真ん中に大きな台。その前に立っているのは、小さい男の子だ。九歳か十歳というところだろう。好奇心で輝く青い目の、頭の回転が早そうな顔をしている。

彼は野菜を担当してくれているようだ。きちんと食べられないところを取り除いて、洗ったのだろう。水に濡《ぬ》れてピカピカと光った野菜たちが台の上に並んでいる。

「……」

そんな彼が、振り向いた形のままセシルを凝視している。そして、にっと笑った。

「オークランスにもようやく春が来たか。よかったなオスカーさん。奥さん、すげー可愛いじゃん」

「ああみんながそう言うよ。だが残念、まだ冬のままだ。新しく入った飼育員のセシルだ。こっちは野菜屋のピオ。毎朝新鮮な野菜を配達してもらってるから、毎日顔を合わせるぞ」

「セシルです。よろしくピオ」

「女の人の飼育員もいるんだ。よろしくセシル」

右手を出されたのでセシルはその手をきゅっと握った。

「……」

ピオがびっくりした顔をしている。

「どうしたの？」

「いや、母ちゃん並みにガッサガサでびっくりしただけだよ。オスカーさん、女の子なんだから、そういうところちゃんと気ぃ使ってやんなよ」

「おいおい紳士だなお前。ああ、なんか見繕っておく。ご助言どうも」

じゃ、これでと走って彼が去った。きっといろんな仕事をしているんだろうなあと思う。なんとなくだ。

「……」

「？」

オスカーに手を差し出されたので、セシルは握った。

「ホントだな」

「やすりみたいですいません。水も使うし、首紐をずっとぎゅっと握るし、仕方ないです。真冬なんかひび割れてバキバキです」

「いい油がある。においがないからランフォルにも嫌われない。あとで渡すよ。気が回らなくて悪いな」

「ピオがすごいだけです」

「きょうだいが多いからな。上にも下にも気を遣うやつだから、目の付け所が違う」

「なるほど」

お肉はもうしっかり準備されていた。こちらはお肉屋さんが、切った状態で持ってきてくれるそうだ。

果物やお芋も倉庫にゴロゴロ。今日みんなが食べる分を、全部大きな台車に入れて運ぶ。台の上に運んだ食べ物を全部並べ終えてから、オスカーは鐘を打った。

カーン、カーン、カーン。青い空に、気持ちよくその音が吸い込まれていく。

わっ、と風が吹いた。あちらから、こちらから、計六羽。大きな羽をすっと畳み、音もなく草の上に降り立つ姿を、きれいだなあと思いながらセシルは見つめている。

セシルは彼らに人気のある果物を抱えている。若い四羽はためらいもせずセシルの手からそれを受け取る。我先にとがっつくこともなく、ちゃんと順番を守っているのがえらい。銀のコールサック、気の強い濃茶のネルケ、臆病な薄茶フラーゴラ、そして黒のアルコル。アルコルはフラーゴラが受け取ったのを見てから自分も受け取った。本当に大人で、優しいなと思う。

カップルのほうはオスだけ来ている。メスが卵を守り、オスが餌を取ってくるのだ。

卵から離れているからだろう、普段のような張り詰めた空気を彼らから感じない。むしろ興味津々といった様子で、セシルを見ている。

ググルゥとそのうちの一羽、スピカが鳴いた。ぱっとオスカーを見れば、頷いている。

セシルはスピカに歩み寄った。スピカはきれいなランフォルだ。銀色で、胸のところが白い。

「スピカ」

セシルの掲げた赤い果物を、スピカがくちばしで受け取った。そっと手を伸ばすが、嫌がる様子はない。顎を撫でる。大丈夫そうだ。

嫌だったら逃げられるよう、ゆっくりと抱きついた。ふかふかで大きい。一歳の子たちはまだなんとなく雛のようなふわふわとした頼りなさが残っているけれど、スピカはがっしりとしていて、しっかりと分厚い感じがする。

ハムハムまではしないけれど、スピカにくちばしで髪を撫でられる。嬉しい。

あとの一羽、こげ茶のリゲルにはまだそこまでできなかった。でも果物は手から受け取ってくれた。嬉しいなと思っていると、ぷっとオスカーが笑った。

「なんですか？」

「すごいいい顔してんな、と思って」

「だって嬉しいんです。すごく」

「よかったな」

そう言う自分だって嬉しそうじゃないかとセシルは思い、やっぱり笑った。

よかった、と思う。従業員がランフォルと触れ合うことを喜ぶのを、嬉しいと思ってくれる人が新しい主人で。

カップルのオスたちは忙しく何度も奥さんとこの場所の間を往復し、その仕事がない若者たちは腰を落ち着けて思い思いのものを食べている。

ちゃんと食べられているか、栄養が偏っていないか、硬いものを避けていないか。セシルとオスカーは飼育員の目でその様子をしっかりと観察している。

「オスカーさん。日誌をつけたいんですが、紙をもらえますか？」

「ああ。夜渡す。記録は細かいほうか？」

「辞めるとき担当の子のを皆に渡したら、『細かすぎて気持ち悪い』って言われました」

「ああ。そうだろうなと思った。俺も細かいほうだから、助かる」

確かに細かそうだなとセシルは思った。確実にお母さんタイプだ。

「そのうち、若手を誰かセシルの担当にしてもいいか？　もちろんできる限り二人でやってセシルが誰にでも乗れるようにはするが、分かれるところは分かれないと効率が悪い」

オスカーにそう言われ、セシルは顔を上げた。じっとオスカーを見る。ほっぺたが熱いから、多分今顔が真っ赤になっていると思う。

「……いいんですか？」

「もう少ししたらだ。そのつもりでいてくれ。セシルがランフォル大好きなのはもうわかった。間違ってもこいつらが困るようなことはしないだろう。背に腹は代えられない状況だし、いいか？」

「はい。……ありがとうございます」

ちょっと涙が出てきた。あの牧場をクビになって、もしかしたらもう一生、ランフォルに触《さわ》れないかもしれないと思った。初めて行く場所が怖かった。女なんかいらない。こだわりの強いやつなんかいらない、お前なんてクビだって、また言われたらどうしようかと思っていた。

ここに来てよかった。上司がオスカーで、本当によかったと思う。

ん？　と、セシルを見ていたオスカーが眉を寄せた。

「セシル」

「はい」

「セシルの目の色、薄い水色だよな？」

「……」

セシルはそっと目を伏せた。

「はいそうです。今はピコットの実の色が反射してるだけじゃないですか。あっち、ちょっと掃除してきます」

オスカーの返事が来る前に、セシルは歩き出した。

平常心、平常心。ドキドキしている胸を手のひらで押さえながら、セシルは歩いている。

二章✦卵と雛とクア

「初めまして。セシル＝バルビエです」

初対面の若い男性に、深々とセシルは頭を下げた。

いかにも人のよさそうな、薄茶色の短髪の、日に焼けて体格のいい人だ。オスカーの同級生だという。

「アラン＝バーリです。ちょっとオスカー借りていいか、セシルちゃん」

「はい。セシルでいいです」

「わかった。セシル」

笑顔でセシルに言いながら、アランがオスカーの肩をむんずと力強く摑《つか》んで木の裏側に行った。ひそひそと声がする。

そしてしばらくのひそひそのあと、髪の毛に葉っぱをつけて、憮然《ぶぜん》とした表情のオスカーが出てきた。

「もう俺はこのパターンに飽きた」

「仕方ないだろこんなんみんなそうなる。諦めろ」

また『ぼんくら』呼ばわりされたのかなと、セシルはオスカーが気の毒になった。ここの人たちはオスカーに、きっと幸せになってほしくて仕方がないのだ。

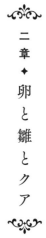

セシルがいたらオスカーに噂《うわさ》の尾ひれが引っ付いてしまうかもしれないけど、諦めてもらおう。

セシルはどうしてもここにいたい。オスカーには本当に悪いなとは思うけれど。

「アランは農場の息子だ。結構大規模にいろいろやってる。悪いな、忙しいところ駆り出して」

「いいさ。お前が帰ってきてからあんまりゆっくり会えてないからな。忙しかったんだろ」

「ああ。なんせ一人だったからな。セシルが入って助かってる」

「へえ」

驚いた、といった様子でアランがオスカーとセシルを見た。そして笑う。

「細かくて面倒な男で大変だろうけど、こいつのこと頼むなセシル」

「細かくて助かってます。すごく優しいし」

「へえ」

「お母さんみたいで」

「……ああ」

驚いた顔から何かじっとりとした顔に変わって、アランがオスカーを見た。なんだよとオスカーがそれを見返している。

幼馴染《おさなな じみ》っていいなあと思う。何歳になったってこんなふうに少年同士みたいな空気が出せるって、きっと素敵なことだ。

「さて。では探しますか、卵」

「ああ。目標二つ」

「お願いね、フラーゴラ」

セシルは薄茶のフラーゴラ、オスカーは濃茶のネルケの首紐《くびひも》を引いている。卵探しはメスのほうが上手《うま》いのだ。

人に使役される動物の中で、ランフォルは最大にして最強だ。そのにおいがあれば、たいていの動物や魔物は寄ってこない。

集団で、国の壁の外のドラゴンを倒したランフォル乗りの一団もいると聞く。連携と作戦で、ランフォルと人は大きなものを相手取り、引かずに戦うことができるのだ。

フラーゴラもネルケも、オークランスの牧場にいるどのランフォルも、戦いには特化していない。オークランスは卵から若い時期までのランフォルを育てる牧場。その特性を見た専門の牧場がそこからランフォルを買い取り、それぞれの道で活躍するランフォルに育て上げるのだ。

フラーゴラはどんなランフォルになるかなとセシルは思う。繊細な分、細やか。最初は少し臆病だけど、慣れればしっかりと真面目に話を聞いてくれる子だ。音や風に敏感なので戦闘向きじゃないけれど、人の生活に細やかに寄り添うような、輸送や交通の仕事にぴったりだと思う。

初めてフラーゴラがセシルを乗せてくれたのは、牧場に入って一週間後だった。アルコルにうずまっていたら背中にぽよんとした感触があったので、あ、ネルケかなと思って振り向いたら、フラーゴラだった。目が合い、いいよと言われた気がしてそっと腕を伸ばして彼女を撫《な》でた。ふわふわでやわらかくて、『ググルゥ』の声まで女の子らしくて、可愛《かわい》いなと笑った。

ちなみに銀のコールサックはその翌日だった。きっとボスの威厳を見せたんだろうと思う。撫でたらはしと噛《か》んでくれた。皆に認めてもらえたようで、セシルは嬉《うれ》しい。

牧場に入って、二週間が過ぎた。毎日美味《おい》しいものを食べて、あったかくて気持ちいい温泉《テルメル》に入って、ぐっすり寝て、大好きなみんなに囲まれてセシルは過ごしている。

卵を持つ大人組のカップルのランフォルたちも、毎日餌のときに顔を合わせているセシルに、体を触らせてくれるようになった。

毎日が穏やかで、幸せで楽しい。誰かの手料理を食べるのも、誰かの生活の音がするのも嬉しい。これまでセシルはずっと、一人で暮らしていた。

セシルは横を歩くオスカーを見る。改めて見ると、ちょっと老けてはいるが、とてもかっこいい男の人だ。青い目は優しく穏やかで、目元がすっと涼しげで、鼻が高い。後ろで結んでいる肩くらいまでの髪の毛は伸ばしてるのかと思ったら『伸びちゃった』のだそうだ。軍時代は短髪だったらしい。

「どうしたセシル。腹でも痛いか？　さすがにあれは二杯でやめといたほうがよかったと思うぞ」

「いいえおなかは元気です。今はオスカーさんってかっこよかったんだなって思ってるところです」

「ぶっ」

アランが噴き出した。オスカーがじっとセシルを見る。

「風邪でも引いたかセシル。幻覚か？」

「いや、いやいやいやセシル。オスカーは昔、すげぇモテてたんだぞ。町の女の子はみんな、オスカーに花祭りの日誘われないか、花をもらえないかってソワソワしてた。マジで。ツラもこの通りだし、昔からなんか妙に落ち着いて大人っぽいやつだったから、女子には新鮮だったんだろうな、うん」

「すごいや」

「初耳だ」

「お前は家のことで忙しかったもんな。祭りの日ぐらい休めばいいのに」

「兄貴がまだ体弱かったからな。ランフォルの生活に休みはないし、仕方ない」

「まあなあ」

森の中を歩いている。

野生のランフォルは、崖の上に巣を作る。今三人はそこを目指して歩いている。

朝だ。今日は牧場のほうは昔勤めてくれていた人たちにランフォルたちのごはんをお願いしてある。

もやのかかる、切り立った崖に到着した。上のほうは見えない。何かがいるような空気を感じるのは、こちらの勝手な希望だろうか。

野生のランフォルを、セシルは見たことがない。どんなふうに飛ぶんだろうとわくわくする。

「なんか雰囲気が怖いぞ」

「ちょっと曇ってるしな。大丈夫、ランフォルは人間を襲わない」

「トゥランが背中に乗っかってなけりゃな」

「殺戮《さつりく》の民トゥランか。お前すごい怖がってたよな、昔」

「姉ちゃんが、めちゃくちゃ語るのが上手かったんだよ。トゥランが血みどろになって国を亡《ほろ》ぼす様子を毎日生々しく語られる、当時七歳だった俺の身にもなってくれ」

「俺は羨ましかったけどな。そんなふうに上手にランフォルに乗ってみたいと思ってた。笛なんか使わないでも、言葉がなくても以心伝心で操れる、彼らの魔法の技が欲しかったよ」

「お前ならそうだろうな。俺なんてもうトラウマで、未《いま》だに目の赤いウサギを見たってドキッとする」

　気安い幼馴染の会話が続いている。と、ぴたりとフラーゴラが足を止めた。

「おっ？」

「このへんか？」

「……」

　皆辺りを見回す。背の低い木の茂みをオスカーがかき分け、アランが木の上を見ている。セシルはしゃがみこみ、地面の上を探す。

「あった。……けど」

「えっ」

「けど？」

　声を上げたオスカーにセシルとアランが歩み寄り、同時に眉を寄せた。ぱかりと割れた大きな卵から、だらんと黄色のものが溢《あふ》れている。

セシルはランフォルが好きだ。きっとこうすることにはランフォルにとっての、大事な理由があるんだと思う。

それでも胸が痛い。巣から放り出され、壊れてしまったもの。

「泣くなよセシルちゃん。……優しいんだな」

「……すいません、未熟なだけです。何年も飼育員やってるのに、どうしてもこれだけはダメで。気にしないでください」

「ここに尖《とが》った石さえなければな。仕方ない諦めよう。下が草や茂みなら、生き残ることも少なくない」

捨てられた卵。愛してくれるはずのものに愛されず、抱いてくれるはずの羽に捨てられ、育てられなかったもの。どうしてもこれを見ると、どうしようもなくセシルは悲しくなってしまう。

今度はネルケが止まった。さっきと同様に探し、今度はアランが何かを見つけ、『セシルは来るな』と短く言った。気を遣わせて悪いなあと、セシルは先ほど涙をこらえきれなかった自分を反省している。

その次はフラーゴラ。また地面を確認していたセシルは、草をかき分けた先でそれを見つけた。

「オスカーさん！　アランさん！」

「ん？」

「あったか!?」

「ありました」

二人が歩み寄り、セシルを挟んでしゃがんだ。

大きな、白地にまだらの茶の、点々の付いた卵。見えている側に割れは見当たらない。目を合わせて頷《うなず》き合い、セシルの手がそれをゴロンとひっくり返す。

反対側。きれいな、ひび一つないつるりとしたなめらかなものがそこにあった。

「よっしゃあ！」

全員で手を合わせてハイタッチ。みんな笑っている。

胸がどきどきする。嬉しくて笑ってしまう。

この子は生き延びた。これからも生きられる。同じ牧場の仲間として、一緒に。

「また泣くか？」

「嬉しいときは大丈夫です」

「よかったな」

「はい」

二人は首紐を持っているので、卵はアランが抱いてくれている。

「パパの気分だ」

大きな布に入れて抱っこ紐のようにしたアランが笑う。

「パパになるんだろ。今のうちに練習しておけアラン」

「アランさん、お子さんが生まれるんですか？」

「ああ。夏の終わりくらいかな？　初めてだからみんな浮ついてる。おやじなんかすでに爺《じじ》バカだ。

揺れる木の馬作って待ってるぞ」

「さすがにそれは気が早い」

あっはっはと笑うアランの男らしい顔を、幸せそうだなあと、微笑《ほほえ》ましく思いながらセシルは見つめた。

結婚。子ども。きっとセシルの人生には、一生縁がないだろう。でも大丈夫、セシルはランフォルのそばにいられれば幸せだ。


探して、探して、さらにオスカーが一個、アランが一個の計三個を見つけた。アランが前後に二個、オスカーが背中に一個を持っている。

森を抜け牧場に戻り、専用の小屋の孵化箱《ふかばこ》の中に入れる。しばらく、何十日も、オスカーとセシルは卵を一定時間おきにひっくり返さなくてはいけない。

卵のときも、雛《ひな》のときも、ランフォルがしっかり育つにはたくさんの条件が必要だ。たとえ偶然に一般の人が卵を拾ったとしても生まれないし育てられないだろう。育てには育てのさまざまな技がいるからこそ、専門の牧場があるのだ。

「ありがとうなアラン。今、おすそわけのおすそわけを持ってくる」

「ああ。お気遣いなく」

小屋の前で、去っていくオスカーの背中をアランと並んで見送った。

「セシル」

「はい」

「ありがとうな」

セシルは顔を上げた。アランが優しい顔をしている。

セシルが不思議そうな顔をしていたのだろう。アランが困ったように笑った。

「急にこんなこと言われたって困るよな。ごめん。……ここ帰ったとき、オスカーずっと思いつめたような顔してて、実は心配だったんだ。俺じゃ牧場は手伝えないし、仕事もあるしであんまり励ましてやることもできなかった。今日はひさびさにあいつの元気そうな顔見れて嬉しかった」

ぐっと伸びをして、アランは視線をセシルから外す。

「あいつの兄ちゃん子どもの頃体弱くて、牧場をどっちが継ぐかって、ずっと宙ぶらりんだったんだ。ようやく兄ちゃんが継ぐって決まって、そっからあいつ、猛勉強して軍の試験に受かった。すごい試験に、こんな田舎の先生もいないところで、家の仕事しながら独学で。本当に努力家なんだあいつは。自分じゃあんまり言わないけど、軍でも出世コースに乗ってこれからってときに呼び戻されて。文句も言わずに牧場継いで。ここがなくなったら仕事がなくなるやつが大勢いるってわかったから、あいつはそうした。肉屋も、野菜売ってるとこも、宿屋も、いろんな店がこの牧場のおかげで回ってるって昔から知ってたから。責任感の強い、昔から黙って貧乏くじばっか引いてきたやつなんだ。俺はあいつを見てると、たまに泣けてくる」

「……」

「だから、今あいつが楽しそうで、普通に笑っててすげぇ嬉しい。セシルのおかげだ。きっと」

「……何もできてません」

「一人じゃないってだけで幸せだろう。一人は寂しい」

「……うん。それはわかります」

「セシルがここにいていいと思ううちはいてやってくれ。細かくて面倒だろうけど」

「細かくて助かってますってば」

笑ったところにオスカーが帰ってきた。

「おすそわけのおすそわけは売り切れてたから、おすそわけだ。ゼフ爺《じい》の特製肉、あとは焼くだけ。美味《うま》いぞ」

「やった。お前んち行ってあれを食うのが好きだった」

「だろうと思ってたよ」

手を振り、別れた。

「いいやつだろ」

「はい。オスカーさん」

「ん？」

こちらを見る青い目を見返した。

「貧乏くじ引かせてすいません」

「何を言われた。……思ってたのと違っただけで、そんなふうには思ってない。実際すごく助かってる」

「……」

「卵見よう。さっき入れたばっかりだけどな」

「はい」

箱型の孵卵器《ふらんき》。大きな卵が一つずつ、ごろん、ごろん、ごろん。

小屋の中は暖かく、あの独特の香りがする。牧場ごとにやり方はいろいろだが、ここでは温泉の蒸気を利用して卵を温めているらしい。引き込むお湯の道がぐにゃぐにゃしているのは、ちょうどいい温度まで湯を冷ますためだろう。

何色の雛が生まれるかな。オスかな、メスかな、どんな性格かなと、見ているだけでわくわくする。

「上手くいけば雛三羽か。結構大変だぞ」

「はい。楽しみですね」

想像して思わず笑いながら顔を声のほうに向けたら、ものすごく近かった。二人ともわくわくしすぎて、夢中で覗《のぞ》き込んでしまっていたようだ。

目が青い。きれいだなあと思う。

「……少しはびっくりしてくれ」

「してますよ。近いですね」

「ああ」

離れた。

「掃除して、皆の飯の準備して、そしたら俺らの夕飯だ」

「今日のごはんはなんですかね。最近夢にまで出てきます」

「あんだけ食っといて夢の中でまでまだ食うか。まあ、いっぱい食え」

「はい」

笑い合い歩く。早くみんなに会いたいなとセシルは思っている。


「セシル、転卵してきてくれ」

「はい」

みんなの朝ごはんを見守り、朝の散歩を終えたところでセシルはオスカーに言われた。

あれから半月。まだまだ卵はひび一つなく、まるまるとしたまま箱の中に入っている。

ゆっくり、くるりと転がして、セシルはじっとそれを見つめた。最近風に甘いにおいがのって、暖かくなった。すっかり春だ。

『森に花が咲いたら散歩で見下ろしに行こう。壮観だぞ』と以前オスカーが言っていた。何段にもなった豪華なお弁当も持っていきたいなと思ってから、自分たちだけ楽しんでたらランフォルたちが可哀想《かわいそう》だと思い直す。

戻るとオスカーの隣に人がいた。薄茶色の短髪、日に焼けて体格のいい男の人。

「アランさん」

「元気そうだなセシル。今日はセシルが喜びそうなもの持って来たぞ」

「なんですか？」

袋を覗き込み、セシルはぴょんと跳び上がった。

「パロン！　こんなに！」

真っ赤な実だ。握り拳よりも一回り小さくて、弾力がある。ランフォルたちの春の大好物だ。

ああ、早く食べさせてあげたいと、セシルはウズウズしてしまう。

「……一個ずつだぞ。喉が渇いているだろうから」

「やったぁ！」

セシルはまた跳んだ。オスカーがやれやれという顔でそんなセシルを見ている。


セシルがほくほく顔でパロンの実を大事そうに持ち、跳ねるような足取りでランフォルたちのほうへ歩いていく。今日も立っている蜂蜜色の前髪がくるんと揺れている。

それを眺めながら、アランは思っている。日に焼けそうな仕事なのに、セシルは色が白いなあと。

髪が短くて細身で動きが機敏なので、確かに一瞬少年のようにも見える。水色のぱっちりとした目が大きい。まつ毛まで金糸のような蜂蜜色で、長くてふさふさしている。初めて見たときアランはセシルを、昔絵本で見た、性別のない妖精に似ていると思った。

今彼女は恋をするように頬を赤らめ、きらきらとした目をしている。ランフォルたちの喜ぶ様子を頭に思い描いているんだろう。

「可愛いな」

思わず素直な感想が出た。おっと怒られるかなと、口を押さえてから慌ててオスカーを見る。

「もう少し女らしくないと嫁の行き先がなくなるんじゃないかと、俺は心配してるよ」

オスカーが腰に手を当て苦笑しながら言った。アランはぎょっとして彼を見つめた。

「……お前、マジ？」

「何が？」

青い目と見つめ合った。どうやらマジっぽい。アランは変な汗をかいている。

どうやったら二十三の若い男が、あんな可愛くて明るくて素直な女の子と一つ屋根の下で二人きりで暮らしながら、ピクリともときめかずにいられるというのだろう。

「当然『お風呂場で偶然鉢合わせちゃった』とかいう美味しいイベントが起きてるんだろうな？」

「起きたことない。どっちかが中にいるときは使用中の札を下げる」

「『雷が怖いから添い寝して？』とかいう悶《もだ》えちゃう感じのイベントは？」

「こないだ平気で寝てたぞ」

「……」

えっこいつってこうなの？　なんなの枯れてんの？　爺さんなの？　とアランは混乱した。

ツラと性格がいいわりに、オスカーに女関係の浮いた噂がなかったことを思い出す。

「……オスカー、お前の、好きなタイプは？」

「なんだよ急に。まあ、こう、ッバーンとした、婀娜《あだ》っぽい感じの」

「あるにはあるんだな一応。すごく安心した。セシル見て正直なところ、何も思わねぇの？」

「何ってなんだ？」

「……」

アランは頭を抱えた。二人がずいぶん仲がよさそうないい雰囲気だから、夏頃には結婚式の招待状が届くかなと思っていたのだ。妻にもそう話した。

駄目だ。一年経《た》っても何も起こらない未来しか見えない。

「……まさかその好み、セシルには言ってないよな」

「初日に言った。俺に襲われてもランフォルのために血の涙を流して歯を食いしばって我慢するって言うから、セシルは俺の好みじゃないから安心しろって」

「っ……」

アランは額を押さえて天を仰いだ。

初手が悪すぎるにも程がある。絶対このあと彼女を好きになっても、今度は『上司の俺が告白なんかしたらセシルが歯を食いしばって我慢しちゃうな』とか余計なこと思ってそっから進めなくなるやつだ。もう駄目だアランには未来が見える。腹がゾワゾワしていたたまれない。

いったいどうして一発目でそのカードを引ける？　絶対こいつはこれまでの人生で貧乏くじを引きすぎて、貧乏くじを一番に引き寄せる体質になっている。

「若くて可愛くて明るくて、いっしょにランフォル育てられる奥さんとか最高なのに、お前ってやつはもうホント……」

「なんか言ったか？」

「いや、いい。もういい。今はいい。まあそのうち楽しいハプニングが起きてお前が目覚めてくれるって俺は信じてる。じゃあな。健闘を祈る」

「おう。ありがとな。ヘレナによろしく」

ひらひらと手を振りながら、アランは牧場を歩んだ。

「アランさん」

「お、喜んでたかランフォル」

道の先から軽やかに走って来たセシルが、ぱあっと満面に笑みを浮かべた。風に揺れる甘い色の短い髪が日に透けて眩《まぶ》しい。

「はい！　すごく幸せそうで、でももっと食べたそうでちょっと可哀想でした。今日のみんなのおやつにしますね！　きっと大喜びです。本当にありがとうございます！」

このきらきらと輝く無邪気な笑顔を見てなんとも思わない、長年の親友の気持ちがアランはさっぱりわからない。

小さくて華奢《きゃしゃ》。袖から覗いた手首が細い。こんな細腕で、餌を運んだり藁《わら》や糞《ふん》を運んだりなんかの普通は女の子が嫌がる汚れ仕事も、喜んで、にこにこしながら進んでやっていると聞く。

アランは神に誓って妻一筋だ。だがこの子にはなんというか、なんとも言えないぐらぐらした不思議な危うさがある。今はまだ無邪気な子どもっぽさのほうが勝っているし、牧場の中だ。身の回りにはあいつと爺さんたちしかいないけど、もう少し成長してこの子どもらしさが消えたとき、町に出したらどうなることかと思う。

馬鹿。ああもう本当にあの馬鹿。絶対今だろう。すぐ隣で光っている、これからもっともっと光る宝物に一刻でも早く気付いてくれ。苦労性で世話焼きのお前に合うのは絶対バーンとした婀娜っぽいお姉さんじゃない。全力でほかのやつらから守りたくなる、こういう目の離せないなんか危なっかしいタイプだろうと、アランはなんかもう半分泣きそうになりながら思う。

「……じゃあまたなんかあったら持ってくる。またなセシル」

「はい。また来てください。待ってます！」

出口までの長い道を歩きながら、はあ、と、実は自分も世話焼きで苦労性なアランはため息をついた。


赤い屋根の家のお庭。

アデリナは庭の掃除をしている。春だ。どこからともなく飛んできた花弁が舞っている。

「あら」

ふと顔に影がかかったので見上げた。目じりを下げ微笑む。

青い空を大きな鳥が滑空している。勇ましく羽を広げ、悠々と世界を見下ろしながら。

四羽だ。時折じゃれ合うように交差しながら飛ぶその楽しそうな様子に、若者たちの朝のデートだわと、見ているほうが嬉しくなる。

この前は勘違いしてしまったが、あのセシルちゃんという可愛い子はランフォルの飼育員らしい。女の子で、小さくて細いのに大丈夫かしらと思っていたが、彼女はいつ見ても鳥たちとも睦《むつ》まじい様子で、遊ぶように楽しそうに訓練をしている。

それを見守るオスカーの目には優しさが溢れ、セシルはセシルですっかりオスカーを信頼している様子だ。本当に、お父さんのように。

お父さんじゃダメなのよオスカー君と、それを見るたびにいつもアデリナは思っている。

ここポスケッタはのどかな町だ。牛や馬、羊を飼っている人がいて、野菜や麦を育てている人がいて、山があり湖がある、これといった名産も名物もないけれど、穏やかで静かな場所。

そこにオークランスの牧場は昔からずっとある。代によって育てている鳥の数は違ったようだが、ずっとそこにあるのに変わりはない。

あの大きい鳥はいろんなものをたくさん食べるので、オークランスに野菜や肉を卸している人たちがたくさんいる。脚が悪くてもう農業をできなくなったお年寄り、家が貧乏で働かざるを得ないまだ年端の行かない子どもを、細かい仕事の作業員として受け入れている。町の外から鳥の買い付けに訪れた人が町の宿屋に泊まり、町の食堂でごはんを食べていってくれる。

先日の疫病で、オークランスは大打撃を受けた。アデリナも仲がよかったルイス、その夫のバジルが病に冒され、ようやく牧場を継いだ長男アルノーが、薬を求め飛び立った先で命を落とした。

町を出て立派に軍の仕事をしていたオスカーは冷静に葬式の喪主を務めたが、実際のところ憔悴《しょうすい》しきっているのは明らかだった。

愛する家族を一度に失い、兄に譲ることで一度は諦めた家の仕事と、ランフォルだけが残った。努力によって得たものを手放し、改めて家を一人で背負い直すと決めた若者の張り詰めたような決意の痛々しさに、アデリナはなんと声をかけたらいいものかと悩んだものだった。

幸い彼は家の仕事を飲み込んでいて頭脳も優秀だし、昔からの使用人もいる。まったくのゼロからのスタートでもない。でも、きっととても寂しいだろうと思った。それを弱音や愚痴で言える子じゃないから、余計に心配だった。

そう思っているところに、彼の横に可愛い女の子が寄り添っているのを見たときのアデリナの喜びの爆発は仕方がないだろう。あれは本当に嬉しかった。

だがしかしいつまでも進展がない様子なのはいただけない。どう見ても二人は『良好な関係の上司と部下』、あるいは少年同士がじゃれあっているような、いつ見ても実に健康的な様子だ。

目の前の根の長い雑草を、アデリナは勢いよくぶち抜いた。

「それじゃいけないのよオスカー君！　若者はもっとただれなさい！」

「また言ってるのかアデリナ。馬に蹴られるからやめておけ」

「邪魔してないわむしろ育もうとしてます。全力で！」

「やめとけ。好いた惚《ほ》れたなんて、外野が何言ったところでなるようにしかならん」

ふああと夫があくびをした。夫は大工をしている。もう仕事に行くのだろう。

「行ってらっしゃい。夜は早い？」

「いつも通りだ」

「そう。気を付けて」

そっと夫を見送った。そうすれば家の中にはアデリナ一人。

アデリナには子がいない。欲しかったが、できなかった。

家にぽつんといるからこんなにあれこれ考えてしまうのかもしれないと反省しながら、新しいベッドカバー作りの続きに取り掛かる。

今日もいい天気になりそうだと目を細め、もうあの姿のない青い空を見上げている。


管を、セシルは掲げている。

若いランフォルたちが、それを並んでじっと見ている。

「どうだ？」

「まだ出ません」

「わかった」

遠くの井戸の前で、ぎゅっこんぎゅっこんとオスカーがポンプの取手を動かしている。

やがてその先から、しゃわわわとシャワー状になった水が噴き出した。

どうかな？　とわくわくしながらランフォルたちを見ると、コールサック以外の三羽が進み出て、楽しそうにその水を浴び出した。

水を好きな子もいればそうでもない子もいる。うんうんとセシルは頷く。

「どうだ?」

「コールサック以外は好きみたいです」

水は一度通ってしまえばあとはずっと出るのだろう。歩み寄ってきたオスカーをセシルは見た。相変わらず、少し老けているがいい顔をしている。

ここに来て二月《ふたつき》経った。相変わらずランフォルはみんないい子で賢くて、可愛くて、かっこいい。ごはんが美味しくて、温泉があったかくて、雇い主が優しい。セシルは毎日が最高に楽しい。

「わあい虹が出た」

「ホントだな」

オスカーがさわやかな顔で笑う。皆が楽しそうで、コールサックが少しだけバツが悪そうだ。

「少し交代してもらってもいいですか?」

「ああ」

オスカーに管を渡し、セシルはコールサックに歩み寄って腕を伸ばす。

「何も気にすることじゃないよコールサック。気持ちいいことはみんな違うんだ。今日もかっこいい。きれいな羽だねコールサック」

抱きつき、首を撫でれば気持ちよさそうに目を細めた。可愛いな、大好きだなと思う。今日もいいにおい。ふかふかして気持ちいい。

ぐいぐいと体を押し付けられ、セシルは笑った。一見ツンとして見えるコールサックが意外と愛情深いことに、セシルはもう気付いている。

「あっこらネルケ！　それは噛むな！」

「ん？」

そんな声に顔を上げれば、びしゃあっと水が降って来た。ネルケが管を噛み千切ってしまったらしい。ばしゃばしゃと水をまき散らしながら、管が暴れている。

「そっち押さえろセシル！」

「逃げます！　生きてますこの管！」

「生きてない生きてない！　ああもう踏め！」

「はい！」

びしゃびしゃになってはあはあ言いながら足で押さえた。何か楽しそうだなと思ったのかもしれない。フラーゴラがそれをつんつんする。穴が開く。止まっていた分、爆発的に水が出る。オスカーも派手に濡《ぬ》れる。虹がきれいだ。

「ダメだこれ生きてる！　元だ！　元を断ちましょう！」

セシル、井戸に向かって猛ダッシュ。すぽんと挿さっている管を抜いた。

はあはあ言いながらみんなのところに戻る。全員びしょびしょ、濡れたコールサックが何かショックを受けたような顔をしている。

同じような顔でぽたぽた雫《しずく》を落としているオスカーを見て、セシルは笑ってしまった。

「ぶっ……」

「こういうときは、水も滴るいい男ですねって言うんだセシル」

比較的濡れていない中のシャツを引き出して顔を拭っているせいで、見事に割れたおなかが日のもとにさらされている。

「はい。水も滴るいい男ですねオスカーさん」

二人とも硬めの生地の上着を脱ぎ、絞る。今日は暖かいから、逆に気持ちいい。

「一度戻って着替えるか。ちょうど昼飯の時間だ」

「おなか減りましたね。今日はなんだろうな」

「だいたい二回りしたな。今までので何が好きだ？」

「うわあ選べない！　ええと、揚げたお肉がリーソの上にのってるの好きです」

「ああ。あれは美味い」

「リーソにちょっと辛いシチューかけたみたいのも！　あれは飲み物ですよね。いっそのことあれの上に揚げたお肉のせてくれたらいいなって思います。辛いのが衣にじゅわっと絡んで絶対に美味しい！」

「おいおいおいすんごい名案だぞそれ。今度ゼフに言ってくれ絶対名案だ。どう考えても美味い」

「よだれ出てますよオスカーさん。すぐ言います！　おなか減ったなあ！」

二人びしゃびしゃになって雫の跡を地面につけながら、楽しく食堂に向かって歩いている。

「噂をすればでしたね！」

「ああ。あれは今度やってくれるって言うし、楽しみが増えたな」

ちょうどよくセシルが言った『揚げたお肉がのったやつ』の昼ごはんをおかわり含めて食べ終えて、今日もランフォルたちのごはんを見守った。今は厩《うまや》に向かって並んで歩いている。

扉を全開にして、よしとセシルは肩にフォークを担いだ。

「……こないだ気付いたんだが」

「なんですか？」

「藁かたすとき、セシルなんか歌ってるか？」

「……お気付きになりましたか！」

「なんで自慢げなんだ」

オスカーが苦笑する。セシルには『お掃除がはかどる魔法の歌』がある。

「歌ってみますか？」

「どうぞ」

「マルペコ牧場のペコさんが、熊に蜂蜜舐められて、鳩《はと》にコーンを食べられた。ワッチマルマル、ワッチマルマル」

「ワッチマルマルがわかんねえよ！」

「十番までであります。まだまだいろいろ食べられます」

「ペコさんが可哀想だよ！」

それなら心の中だけにしようと、セシルは心の中で歌う。ワッチマルマル。ワッチマルマル。

「……ル」

「おや？」

セシルは顔を上げてオスカーを見た。オスカーが驚いたような顔でこっちを見ている。

「一度聞くと永久に繰り返すなこれ。……ワッチマルマル」

「ワッチマルマル」

声に出すと余計に手が動く。それがワッチマルマル。

「嘘《うそ》だろうなんだこれ妙にはかどるぞ！　もういいやペコさんに同情はしない。歌ってくれセシル」

「マルペコ牧場のペコさんが、猫に魚を食べられて、ねずみにチーズをかじられた。ワッチマルマル、ワッチマルマル」

はっはっはとオスカーが笑いながら手を動かしている。ほらねやっぱり魔法だと、セシルも笑う。ばあちゃんが歌っていた歌だ。小さい頃から聞いて育った、セシルの思い出の魔法の歌。

歌って、笑って、片づけて。今夜の彼らのふわふわベッドが完成。清潔な藁にセシルはぽすんと埋まってみる。

「やるよな。わかるぞ」

隣の山にオスカーが埋まった。みんないっしょだなあと笑う。お日様のいいにおいがする。

風が吹き、オスカーの茶の髪が光に透け金色になって揺れる。青い目がそっと瞬く。

お昼寝してるみたいな、やわらかな空気が流れた。

「よし、休憩終了。卵見にいくか。そろそろ何かあっても不思議じゃない」

「はい」

いつまでも休んでいるわけにはいかない。立ち上がり、フォークを片づける。

「セシル」

「はい」

「ついてるぞ」

「あ、すいません」

オスカーの指がセシルの髪に触れた。思わず見上げてしまい、青い目と間近で目が合う。ふっとオスカーが笑う。

「いつものが二本になってた」

「一本は偽物です。見破ってくれてありがとうございます」

「似てた。危うく本物を引き抜くところだった」

「さすがオスカーさん。騙《だま》されませんでしたね」

笑い合って、そうして卵のところへ歩く。

三つ並んだ卵のうち真ん中の卵に、小さなひびがあった。こつこつと小さな音が響く。二人は見つめ合う。

「……来たか」

「来ましたね」

か～っと顔に血が上る。何度やったって、これにはたまらない喜びが湧き上がる。

「もう少しかかる。夜中だろうな。どうする？」

「交代で寝ましょう。出てきたらお互い起こして」

「うん。じゃあ簡易ベッドを西の部屋に出そう。今日は早めに切り上げよう」

「はい」

大急ぎで仕事を終えて、運んだ孵化箱を見ながら夕飯をとった。

今日は絶品シチュー。とろとろに煮込まれたお肉を食《は》むとほろほろと口の中でほぐれる。大きいにんじんが甘くて好きだ。しっかりめの生地のパンにはごろごろとお豆が入っていて、付け合わせの数種類の野菜はしゃきしゃきだ。

「オスカーさんってお酒飲まないんですか？」

「軍にいたときは飲んでた。こっち帰ってからはさっぱりだな」

「飲んでもいいですよ。何かあったら対応しますから」

「そうか。……今ならできるんだな。今度セシルも飲んでみるか。十六だもんな」

「飲んだことないから、どうなるかわかりませんよ」

「案外強いかもしれん。そんな気がする」

美味しいものを食べながら会話をして、夕飯を食べ終えた。

「少し書類仕事をしたいから、風呂先に入ってくれ。卵は見とく」

「はい」

お言葉に甘え、今日は先にセシルがお風呂をいただいた。

独特のにおいのお湯に肩まで浸《つ》かる。これのおかげか、日常的にできる小さな傷の治りが早い。

ここに来てから肌がつるつるになったような気がする。

お湯を出て髪を簡単に拭き、最後に以前オスカーにもらった手の油を塗る。びっくりするほどよく効いて、こっちもだいぶつるつるになった。今度ピオに手を握ってもらおうかなと思いながら外に出たら、ちょうど廊下にオスカーがいた。血行よくホカホカしているセシルを見て苦笑している。

「髪をちゃんと拭け」

「はあい。待たせましたか?」

「いや、単に通りがかりだ。着替え取りに戻ろう」

「オスカーさん」

「ん?」

右手を出してみた。不思議そうな顔で握られる。

「なんだ?」

「つるつるになったかなと思いまして」

「ああ」

思い出したらしい。

「うん。つるつるだ。ピオにもう『母ちゃんみたい』とは言われないぞ。よかったな」

「やった」

セシルは笑う。

「じゃあ西の部屋で卵見てますから、オスカーさんはごゆっくりしてください」

「ああ。頼む」

西の部屋。セシルの部屋三人分くらいの広い部屋だ。

簡易ベッドが二台。シーツが畳まれたままだったので、セシルは二人分敷いた。

枕にお布団。ぽんぽんしてよしよしと出来を確かめてから、自分のベッドと勝手に決めたほうの上に乗り、卵の入った箱を置く。

うつぶせになって、腕に顎を置いてじっと眺める。

卵全体がブルブル震えている。必死で、殻を破って世界に出ようとしている命がそこにある。

ダメだ。見ていると泣けてしまう。幸せで嬉しいことのはずなのに。

どれくらいそうしていたのかわからない。セシルはこの様子なら、いくらでも見ていられる。

ノックの音がしてオスカーの声がしたので顔を上げた。どうぞと言えばかちゃりとドアが開く。

すっかり見守りの型が出来上がっているセシルの様子に笑っている。

「なんだ独り占めして。ベッドありがとう」

「いいえ。運ぶの手伝わなくてすいません。ありがとうございます」

「セシルが先に寝ろ。出そうになったり時間になったりしたら起こすから」

「……絶対ですよ」

「ああ。そんな一生恨まれるようなことするもんか。起こすよ」

「わかりました」

オスカーに卵の入った箱を渡す。

「ではお先に失礼しておやすみなさい。いびきかいたらすいません」

「かくのか。わかった」

ぽすんと枕に頭を乗せる。


「あ、そうだセシル。若手の餌……」

「……」

オスカーは言葉を飲み込み、そろりと立ち上がった。ついさっき、ほんの数秒前まで彼女はしゃべっていたはずだった。ベッドサイドに立って顔を覗き込む。ぴったりと目が閉じ、蜂蜜色のまつ毛が織り合わさっている。

すう、すうと規則的な息が聞こえる。

「……名人芸か」

尊敬に値する快眠ぶり。これは恐れ入った。

まあいい。少しでも寝たほうが疲れは取れるし背も伸びるだろうと、オスカーは中央のテーブルに卵を置き、自分はソファに座った。

こつ、こつ、こつ、と中で頑張っている小さな音が愛《いと》おしい。

そこにすう、すう、すうという安らかな吐息が重なるので、少し笑う。本当に、子どものようだなと思う。

よく食い、よく眠り、よく働く。いつも楽しそうで、全力でランフォル大好き。

女性であることなんか気にする必要なかったなと思う。あっけらかんと明るくて元気で、一緒にいてもまったく気を遣う必要がない。

音と動きが変わった。仕上げに入ったらしい。早い。こいつは生命力が強いやつだと思う。

「セシル」

「……」

「セシル。起きろ。生まれるぞ」

「……」

立ち上がり覗き込み、顔を叩《たた》くのも気の毒だと思い布団をはいで肩を揺すった。

「セシル！　起きろ！　雛が生まれる！」

カッと目を見開き、セシルが起きた。自分のせいだが顔が近い。

「どっちがママになりますか」

「一発目は俺だろう」

「嫌だ！」

「嫌だとはなんだ。どっちの卵だ」

「アランさんのです」

「あいつのかよ割り切り悪いな。アランの卵に好かれるのもあれだから譲ってやる」

「やったあ！」

寝起きにもかかわらず弾むような足取りで、セシルがほんの少しの距離を駆ける。

ソファに並んで座る。身を乗り出して目を零《こぼ》れんばかりに見開き、セシルが卵を覗き込む。

「落ちる落ちる。隙間にセシルが落ちる。ああもうソファに乗せよう」

箱をテーブルから下ろし、二人の間に置く。

水色の目がきらきらしている。あんなちょっとの間に寝ぐせが付いたらしく、丸いおでこがいつもより出ている。

わずかな距離を置いて向き合う形だ。ふと、まつ毛が長いなと思った。肌が白い。大して手入れなんかしていないだろうに、つるつるとなめらかなのはやはり若さだなあと思う。

おっ、とセシルが跳ねた。くちばしが殻をぐるりと切り終え、全体がもぞもぞっと揺れる。

「頑張れ、頑張れ」

顔を真っ赤にしてセシルが応援している。

ばしんと力強く殻を蹴り飛ばし、脚が覗いた。したたたたと、床を蹴っている。

「もうちょっと！　頑張れ！」

拳を握り涙目でセシルが言う。あまりにも必死なその様子に、オスカーはふっと笑ってしまった。

そんなことには気付かずに、セシルが息を呑《の》んで卵の様子を見守っている。

そして。

きらきらとした目が、セシルをまっすぐに見つめている。

濡れた体をセシルが抱き締め、少し出血しているところに指で薬を塗っている。

独特のにおいが部屋に満ちている。生臭いような、血のような。

白かったセシルの寝巻はいろんな色の染みだらけだ。

生き物を飼うというのは、きれいなことばっかりじゃない。汚れるし、臭いし、怪我《けが》をしたり、大事にしていたものが突然失われたりすることもある。決して楽しいことばかりではない。

セシルが泣いている。それでもこうやって生まれる命があるから、自分たちは彼らを育てたいのだと思う。

「この子と一緒に寝てもいいですか?」

「ああ。ちゃんとあったかくしろよ」

「はい。今日はもうここで寝ちゃおう」

「そうか。俺もそうしよう移動するのも面倒だ。着替えたほうがいいぞ」

「今着替えてもまた汚れるから、朝お風呂に入ります。今日はこのままぎゅっとしていたいんです」

「そうか」

それぞれのベッドに入ってランプの明かりを消した。

セシルじゃないが、オスカーも疲れていたらしい。すっとその日は眠りに落ちた。

「おはようございます。見てくださいなんだかアランさんに似てませんか?」

朝起きて光の中で腕の中のランフォルの雛を撫でているセシルを見て、あれ、俺なんでセシルと同じ部屋で寝たんだっけと思った。

正直なところ、一瞬焦った。そんな馬鹿なと思ったが、そうだったたと思い出した。よかった。何も起きてはいない。

「茶色いな。うん、なんか似てる。旦那さん浮気したって奥さんに言っとこう」

「ランフォルと?」

セシルが笑う。クア、とどこか抜けた顔の、アラン似の茶色いランフォルが鳴く。いいこいいことセシルがそれを撫で、抱き締めてそっと頬ずりする。

「可愛い男の子だね。名前をどうしよう」

「頑張って考えてくれ」

「……アラン?」

「なんでうちのにあいつの名前をつけなきゃいけないんだ。友達大好きか俺は」

朝日の中でセシルがほわほわを抱き締めて笑う。白い肌が光を跳ね返し、蜂蜜色の髪が透けながら揺れている。嬉しいのだろう、頬が桃色に上気している。

「そうだお風呂に入らないと。雛って湿気大丈夫ですよね」

「大丈夫だけど、そいつといっしょに入るつもりか?」

「お湯には入れません。寂しがると可哀想だから、見えるところで待っててもらいます」

ね、と雛にセシルは優しく呼びかける。クア、と雛がまん丸の目でセシルを見て鳴いた。

一人と一羽の間にあたたかいものが満ちている。

「……」

「もしあれだったら、朝ごはん先食べちゃってください」

「や、待つよ。ゼフの手間だし、それくらい待てる。別に焦らず普通に入ってくれ」

「わかりました」

濡れてくったりしていた雛はふわふわの幼毛をなびかせながら、えらいことにもう自分の両脚で立っている。

えらいえらいと褒めるセシルにくっついて部屋から出ようというとき、アラン似の雛は何故《なぜ》かオスカーを振り向いて『クア』と鳴いた。

「……なんだ今のクア」

「あいさつできてえらいね。いい子。じゃあ行ってきます」

「なんだ今のクア！　アラン！」

「アランでいいんですか？」

「絶対嫌だ！」

「わかりました。いい名前にしようね」

『クア』

「……」

部屋に残され一人。

なんだか納得のいかない気持ちで、オスカーはベッドを片づけている。


クア、クア、クアと、今日も先日生まれた雛、レアンがセシルを追っている。

セシルが足を止め、抱き上げて頬ずりをした。うっとりとレアンが目を閉じている。

オークランスの牧場は、雛からだいたい二、三年の時期を受け持って育てる牧場だ。まだまっさらな状態のランフォルたちの体を強くし大きくし、笛の意味と基本的な動きを教え、人間への愛情を育て、専門的な技術を学ぶための牧場に引き渡すのが仕事だ。

にしてもやりすぎじゃないかと思うほどの愛を、セシルはレアンに注いでいる。優しく言葉をかけ、笛を吹き、触れる。ただ遊んでいるように見えて全て今の段階に必要な訓練だからなんの問題もないのだが、うっとりと恋するようにレアンのアホ面を見ている姿を見ると、何かこう、何かこうあるだろうという気持ちになる。

カップルたちの卵も順調に孵化して、ふわふわのが母親、父親の脚にくっついている。皆しっかりと子育てをしているようでホッとする。

あとは孵化箱の二個。オスカーの拾った卵が先に孵《かえ》りそうだなと当たりをつけている。

「レアン。しばらくオルテンシアのところにいて。レアンはまだ飛べないから」

『クア』

こっくんと頷いているが、本当にわかったのかお前と思う。

ランフォルは卵は捨てるが、一度孵った雛ならよその子でも大事にする。理屈はわからない。母性が強いのか、弱いのかもわからない。そういうものなのだ。

カップルのメス、白のオルテンシアがじっとセシルを見て、ググルゥと鳴いた。もうすっかりセシルが自分の味方であることを理解している。

「ありがとう」

ぎゅっとその首に抱きつき、レアンを同じくらいの大きさのよちよちした雛の隣に置いた。

「レアンといいます。よろしくねトロー」

『クアッ』

タイミングよく鳴くもんだなあと思う。

セシルが離れてしまうからだろう。クアックアッとしばらくレアンは鳴いていたが、やがてつんつんされてトローと遊びだした。まったく単純なやつめと思う。

「花を見に行くか？　もう満開だろう」

「やった。少し遠くまで行っていいんですね？」

「ああ。誰に乗る？」

「メスたちは昨日の夕方の遠乗りで少し疲れ気味だから午前はお休みですね。アルコルにします」

「じゃあ俺はコールサックか。競争するか？」

「します！　やったあ！」

ぴょんと跳ぶ。

細い体にぴったりとした深緑色の騎乗服。長い黒のブーツ、ヘルムにゴーグル、革の手袋。

「その服新しいな」

「お給料が出たから全部つっこみました」

「少しは別のことにも使え。オークランス名義でもう一着仕立てていいぞ。コンクール用のも買ってくれ。どっちが出るかわかんないからな」

「やったあ！　雇い主が太っ腹で嬉しい！」

若い娘がドレスではなく騎乗服で喜ぶ様子を、複雑な思いでオスカーは見ている。

アルコルにセシルが抱きつく。愛おしそうにアルコルがセシルの短い髪を食む。ほかの若手もセシルのことを気にして寄ってきた。セシルは今日も当たり前のように彼らに囲まれ、心から嬉しそうに彼らを撫でている。

セシルはすごい、と、実はオスカーは思っている。

ランフォルは人の心に敏感だ。己を害そう、あるいは力ずくでも従わそうとしている人間には絶対に懐かない。

『知識は専門家であれ、心は無邪気な子どもであれ』と、オスカーは父に教えられた。どこまでも彼らを知り尽くす深い知識を持とうとも、その技によってランフォルを屈服させるようなことはしてはいけないと。ただ、ただ、心は純粋に彼らを好きであれと。

セシルの飼育日誌は真っ黒だ。撫でられると嬉しい場所、気性、好きなもの、嫌いなもの。その日の体重、羽の艶、食べたもの、残したもの、行動が細やかにぎっしりと書かれている。

書き方が自己流だから、これで問題ないか確認したいと心配そうに見せられたそれに、オスカーはしばらく何も言えなかった。オスカーだって細かいほうだし、『お前気持ち悪いな』と軍では笑われていたものだが、これはそれ以上だと思った。量だけじゃない、内容も、愛を持ってじっとランフォルを見続け、正確に頭に刻み込んでいなければ絶対に書けないものだった。

ただ純粋に彼らを愛し、細やかに目を配り、どこまでも知ろうとするその心はランフォルたちにはまっすぐに伝わっているらしい。カップルたちを含め、もうセシルはこの牧場の全てのランフォルに騎乗することができる。

華奢な体が鞍《くら》に跨《また》がり丁寧に金具を留めていく。

「オスカーさん」

「ん？」

「この太もものところの金具、ちょっと見てもらえませんか」

言われたので手を伸ばして指で引いてみた。確かに少し緩いかもしれない。

「別のにしよう。これは調整に出す」

「はい」

一度アルコルの背を降り、その体から鞍を外している。

「トゥランの民は鞍なしでランフォルに乗れたらしいな」

「……どうやったんだろう。紐で結んでたんでしょうか」

「不思議な魔法を使ったんだろう」

トゥランの民。アランが怖がる、伝説の民。

揃《そろ》いの白い髪に赤い瞳を持ち、一国の王家の人間を一人また一人とランフォルの爪で摘《つ》まみ上げ、落とし、死体の山を築き国を潰した、殺戮の民と呼ばれている。

今彼らの名は世界にはない。そうして討ち滅した国に新たな王として定住することもなく、彼らはランフォルに跨って霧の先に消えたという。

「よし。確認お願いします」

「ん、大丈夫だな」

アルコルがクックックと鳴いている。嬉しいときの声だ。セシルと飛ぶのが楽しみなんだろう。黒の羽がつやつやと太陽の光を反射している。

「お前も鳴いてもいいんだぞ。コールサック」

銀のコールサックがツンとしている。つれないやつだな、と、その首を撫でる。

笛を吹く。セシルも吹いているが、ランフォルたちは賢い。自分の耳のすぐ後ろで鳴っている笛の音だけをしっかりと聞き分ける。大きな翼が広がった。

ぴったりとコールサックに身を当てる。上昇のスピードがアルコルのほうが上だ。セシルが軽いのと、風をよけるのが上手いからだろう。

ぐんぐん昇って、首紐を引き笛を吹いてコールサックの角度を変える。穏やかな暖かい空気の中に、二羽分の大きく力強い、美しい羽が羽ばたく。

横を飛ぶセシルを見た。ゴーグルをするせいもあると思うが、ランフォルに乗っているときのセシルはやはり少年にしか見えない。ヘルムから覗く短い髪が靡《なび》き、しなやかで華奢な体がランフォルと一体になって軽やかに空を舞う。

軍にいた頃の主な仕事は国境の監視と輸送だった。飛ぶときは常に任務。一糸乱れぬ連携で、多くの規則、縛りの中を追われるように飛んでいた。

仲間たちは気のいいやつらばっかりだったし、嫌な仕事ではなかった。もう少し上に行けばもっとやることも変わってきたのかもしれないが、とりあえず毎日はそれなりに楽しかった。

それでもやっぱり『育て』は違うとオスカーは思う。小さくてふわふわの頼りないやつが立派なランフォルになるように、ただ一心に愛を注ぐこの仕事を自分は心から好きだったのだと気が付いたのは、一度それを手放し、失ってからだった。

ぐんぐんと景色が後ろに流れていく。アルコルが翼をすぼめるようにして、グルグルと回転し始めた。遊んでるなセシル、とオスカーは笑う。

「俺らもやるか、コールサック」

笛を吹く。銀色の羽が輝き、世界の上下が変わる。

腹の底からおかしい。楽しい。快い。今自分たちは全力で空を遊んでいる。

抜きつ抜かれつしながら飛んで飛んで、目指す森の上に到着した。普段なら緑一色の木々が鮮やかな桃色に色づいて、優しく目に染みる。

「きれいだなセシル！」

「はい！」

ゆっくりと、舐《な》めるように旋回してから地に降り立った。桃色の煙に包まれているような光景だ。花見の穴場だと思うが、ここに来るためには険しい山の岩壁を越えなければいけない。地を歩むのならば。

「わぁ……」

セシルが上を見上げ花に見入っている。風に舞う桃色の花びらがセシルの髪に落ちて金を彩る。セシルの頬も桃色に染まっている。きれいなものが好きなところは、やっぱり女の子なんだなと思った。

「オスカーさん」

「……」

「オスカーさん！」

「おう。どうした」

キラキラした水色の目がオスカーを見た。

「見つけました」

「何を？」

満面の笑み。細い指が差した先をオスカーは見た。花に紛れて立つ花のない木に、何か赤いものがついている。

「……パロンか」

「はい！」

頬を染めてやっぱり満面の笑み。ああ、セシルは花より団子、団子よりランフォルなのだ。やっぱり。

「ずいぶん高いところに生《な》るんですね」

「空気の薄さによって変わるって聞いたぞ。これじゃ俺でも届かないな」

じっとセシルがオスカーを見上げた。

「これを見過ごしたら死んでも死に切れません。肩車してください」

「子どもか」

「絶対持って帰りたい！　肩車！　肩車！」

「子どもか」

仕方がないと、両足を開いてスタンバイしているセシルを持ち上げてやった。

「高い高ーい！」

「軽いなあセシル」

「オスカーさんの首のために、頑張りました！」

「そりゃどうも」

セシルの足を抱えながら、オスカーは花を見つつ、セシルの体重移動に付き合ってやる。どうやらすごい勢いでパロンを布の袋に入れているようだ。

「もういいか」

「あとちょっと！　頑張れオスカーさんの首」

「はいよ」

そうしてセシルを下ろし、袋を覗き込む。

「……欲深いなぁセシル」

「届くのは全部とりました！　二人にあげていいですか？」

「まあ、遠出してるしな。少しなら」

おとなしく待っていた二羽にセシルがパロンの実を食べさせてやっている。本当に心から嬉しそうに、頬を染め、満面の笑みで。

花には悪いが遠出のかいがあったというものだろう。こんなに嬉しそうなら。

「オスカーさんもどうぞ」

「……」

酸っぱいが人間も食べられる。小さめのを一つ、ランフォルたちにするのと同じく口に入れようとしてきたので仕方なく口を開けた。酸っぱい。

オスカーにそれを与えたあと自分でも一つ食べ、酸っぱそうな顔をしているので笑う。

「酸っぱいな」

「はい。酸っぱいですね」

暖かな風。明るい光。舞い落ちる、美しい花びら。

隣には小さいけれど優秀な飼育員と、愛情いっぱいに育てられた、美しいランフォルたち。

風を頬に感じ花の甘い香りを吸い込みながら、ああ、ここに帰ってよかったと、オスカーは今、初めて腹の底からそう思った。

迷わなかったわけじゃない。責任感に押しつぶされそうで、苦しくなかったわけじゃない。寝られない日も、胃が痛くて吐き気がする日もあった。でもいい。歩むのは、飛ぶのは、この景色を見られるこの道で、きっと間違っていない。

「セシル」

「はい」

「ありがとな」

「そんなに美味しかったですか？」

セシルが笑う。降り落ちる桃色の花びらの中で。

その髪についた花びらを取るために指を伸ばしそうになって、ふと止めた。なんだか何かが変わってしまいそうな予感がして。

「……セシル」

「はい」

「帰ろうか」

「はい。ありがとうございました」

いっぱいのパロンの実を背負ったセシルがアルコルに跨る。

二人と二羽は抜きつ抜かれつ、時折交差しながら飛んで、自分たちの牧場に戻った。

「ペスカの様子がおかしい？」

昼食の席。今日は辛めのひき肉、カラフルな焼き野菜、目玉焼きののったリーソを大盛にしてもらって食べながら、セシルはオスカーと話している。

レアンはお昼寝中だ。ランフォルの雛はよく眠る。気絶するようにぽよんと不意に寝るので、彼らをよく知らない人はびっくりすると思う。寝息に合わせふわふわし、ときどきぴくっと揺れる短い尻尾が可愛い。

オスカーはひと匙《さじ》が大きい。あっという間にお皿の上のものが消えていく。

ごはんが少し辛いからだろう、甘い果物のジュースがあるのが嬉しい。ごはんと交互にそれを飲み、トマト色のスープを飲む。美味しい。

ペスカは子育て中のメスのランフォルだ。旦那さんはリゲル。仲良しだ。

それはほんのわずかな違和感だった。表面上は、体を見てもどこか痛めているわけじゃない。ごはんも食べるし、糞も普通。ただどこか元気がないというか、何かをこらえているような、我慢しているようななんとも言えない嫌な感じがあった。

まだあまり仲良くできていないから、隠しているのかもしれないとセシルは思った。とても残念なことだけど、それがランフォルだ。だからセシルはこうして、オスカーに伝えている。

『神経質が過ぎる』

『お前の勘違いじゃないのか』

前の牧場で一部の人たちにそう言って嫌われたみたいに、オスカーにも思われたらどうしようと少し怯《おび》えながら、それでもきっとオスカーなら聞いてくれると信じ、セシルはオスカーを必死に見つめる。

「怪我か病気を、何か痛いのを隠してる気がするんです。……気のせいだったらごめんなさい」

「わかった。食ったら見に行こう。でも食うもんはちゃんと食えよ」

「はい。食べてます」

「ああ、ホントだな」

もりもりと食べ終え、牧場に戻る。まだ寝ているレアンは背中に抱っこ紐で結んでいる。

焦げ茶の旦那さんリゲルに彼らの雛を見てもらい、セシルとオスカーは薄茶のペスカの前に立った。

「ペスカ」

ペスカの金の目が、じっとオスカーを見ている。

そっとオスカーの大きくて力強い手がペスカに伸び、首の白い羽毛を撫でる。ググルゥとペスカが鳴いた。

「ペスカ」

オスカーの声は優しいとセシルは思う。低く深くて、よく響く声。

「ペスカ。どこか痛いか？　何かあったら教えてくれ。俺たちは、お前のことを守りたいんだ」

ランフォルは賢い。人の言葉を解しているのではないかと言われているが、実際そうかもしれないと思ったことは多々ある。言語として理解しているのではないにしても、言葉の響き、声の質で、彼らは何かを察しているのかもしれない。

オスカーの青い目が、じっと優しくペスカを見ている。

元軍人の、精悍《せいかん》な横顔。真面目で優しいのが少し話しただけですぐわかる、貧乏くじをよく引く苦労性の男の人。

この人はきっと見捨てないだろう。自分が守ると決めたものを、自分がどんなに苦労することになったとしても、一度決めたなら絶対に、最後まで。

そっとペスカが羽を広げた。その根元を、オスカーに押し付けるように動かす。

オスカーが、そこを撫でるように指を動かした。ある一点を触ったとき、ペスカが『ギャッ』と鳴いた。

「ここか」

言って、羽毛をかきわけ、慎重に何かをそっと引き抜き目の前にかざす。小さな小さな、小指の爪ほどの長さの、おそらく木の棘《とげ》だった。

「教えてくれてありがとうペスカ。一応薬を塗っておく。もう一度触るけど許してくれ」

ポケットから出した液状の薬をそこに塗り、ペスカを優しく見て、撫でた。

ペスカが羽を畳み、ググルゥと鳴いた。ハムハムとオスカーの髪を食む。

セシルはなんだか感動していた。オスカーの姿が、在りし日の祖父によく似ていたからだ。

いつだってランフォルと真摯に向き合い、自分の子どものように愛し、あたたかく、優しく包んだ。悪いことや間違ったことをしたランフォル、弱いランフォルだって絶対に見捨てなかった。誰にだって得意がある。苦手がある。皆が自分に合った道で自分らしく飛べるように、そのためにいつも一生懸命だった。


二人でその場を離れ、彼らの昼ごはんを準備するために道を歩んだ。

「セシルはすごいな」

そう言われて驚く。まさに今セシルが、オスカーに思っていることだったからだ。

「俺ならあの違和感に気付けなかったかもしれない。普段から皆をよく見ていてくれて、本当にありがとう」

「気付いてましたよ。オスカーさんなら絶対」

「それはわからん。でも、ありがとう。セシルがいてくれて本当に助かる」

「……」

セシルは俯《うつむ》いた。いつか、オスカーにそう思われなくなる日が来たらと思うと、苦しい。

「傷を隠されたことは落ち込むなよ。ペスカは一番繊細なやつだ。俺も最初は全然だめで、一番時間がかかった。今の時点で騎乗できることがすごすぎるんだ」

「はい。もっと仲良くなれるように頑張ります」

クア、クア、クアと背中で声がした。オスカーがセシルの背中を覗き込む。

「昼飯の時間に起きたか。随分タイミングがいいやつだな」

「おなか減ったね。今日もいっぱい食べるんだよ、レアン」

背中の紐をほどき、ぴょんと地面に降り立ったレアンを撫でる。ふわふわのもこもこ。手のひらが気持ちいい。

『クア』

「残りの卵もおそらくそろそろだ。結構近いと俺は踏んでる」

「楽しみですね」

「ああ。にぎやかになるな」

「子育て、頑張らないと」

「親ってのは大変だ」

「はい。でも楽しい」

「ああ」

『クア』

明るい道を二人と一羽は歩いている。


西の部屋。

セシルは並ぶ二つの卵をじっと見ている。

レアンはセシルのベッドで寝ている。

卵はどちらもこつこつと音を立て、揺れている。

髪を布で拭いながら、お風呂から帰ったオスカーが、セシルの後ろから肩越しにそれを覗き込んだ。

「どうだ?」

自分だってちゃんと髪を拭いてないじゃないかと笑いながら、セシルはオスカーを見る。

「あと一息って感じです」

「そんな感じだな」

ソファに並んで腰かけて、静かにそのときを二人で待つ。

心地のいい沈黙とこつこつという音の中、先にオスカーが拾ったほうの卵が作業を終えた。

たしたしたしっと、覗いた脚が必死に殻を蹴り飛ばす。やがて成功して、脚だけがだらんと外に出た。ちょっと疲れたようで、上半分に殻を被《かぶ》ったまま伸びている。

「頑張れ」

オスカーが笑いながら言う。自分でできるうちは手を貸さない。世界に出るために殻を割るのは、彼らの一番最初の、とても大切な仕事だ。

気を取り直したかのようにもう一度。たしたしたし。

そして彼は現れた。灰色の、濡れた体が殻を脱ぎ去る。

「よーし。よくやった。えらいな」

言いながらその体を布で拭い、オスカーが薬を塗ってやる。

濡れ光るやわらかなそれを腕に抱き、覗き込む優しい顔は、お父さんみたいだ。

「オスだな」

「名前、もう決めてるんですか？」

「ヴィガにしようかな。なんとなく」

「なんとなくって大事ですよね。おめでとうヴィガ。世界にようこそ」

セシルもその生まれたてでふにゃふにゃな、とっても可愛い顔を覗き込む。

息に合わせてすうすうと動く小さな体。頼りないふにゃふにゃの首、羽。愛おしくて、どうしても涙が出てしまう。オスカーがそれを見て、優しく笑っている。

「お、そっちもだぞ」

「えっ」

少し目を離しているうちに急に進んだらしい。本当だ。目が見える。

あたたかみのある金色の体。蜂蜜色の子だ。

「メスか。色は母さんに似たな」

オスカーが笑う。セシルも微笑み、そっと濡れた体に触れた。

「初めまして。ノワ」

「なんとなくか？」

「はい。なんとなくです」

「大事だ」

ランプの火を消し、またそれぞれのベッドで雛を抱いて眠った。

三章✦赤の記憶

大忙しだ。三羽の雛《ひな》にクアクアと追われながら、雛たちの分量の増えた餌を食べさせ、大人たちの散歩をし、掃除をし、自分のごはんをいっぱい食べ、日誌をつけ、泥のように眠る。

夜は新しい知識を入れるために本を読み、オスカーと話し共有する。慌ただしく騒々しく、幸せな日々。

その日セシルは、今日は少し体が重いなと思いながら朝食に向かった。いつもの美味《おい》しいごはんがなんだかいつもよりおなかにするすると入らない。無理やりぎゅうぎゅうと押し込んで、ああ、ゼフさんに悪いことをしているなと思いながら必死で飲み込む。

クアックアッと鳴くレアン、ノワを撫《な》でながら、オスカーと今後の雛たちの餌の話をする。

ふっと何かに気付いた顔でオスカーが言葉を止め、じっとセシルを見た。

「セシル」

「はい」

「なんか顔、赤いか？」

「……」

ああ、バレちゃったと思った。オスカーの顔が少し険しくなって、手がセシルの額に伸びる。

「……セシル」

「はい」

「なんで隠そうとした」

「……」

少し風邪を引いたな、と思った。

これくらい大丈夫。セシルがいなかったら、オスカーは全部の作業を一人でやる羽目になる。散歩だけはなんとか理由を付けてうまく回避して、そのほかの作業はいつも通りやるつもりだった。

オスカーの普段見ない怒ったような表情に、じわじわと涙が浮く。

「……寝てろ。今日は雛たちと遊ぶのもなしだ」

「でも……」

「でもじゃない。応援呼べばなんとかなる。寝てろ」

強く言われ、それ以上言い返すこともできず、とぼとぼとセシルは自分の部屋に戻った。

暇だなあと、セシルはベッドの中でぼんやりしている。

最初にセシルを部屋に案内してくれたお婆《ばあ》さんのメイドさんはラウラさんという。週に三回だけ通って、お掃除や、屋敷の中のいろいろをしてくれる人だ。

セシルのベッドを整え、苦しいだろうと襟元をくつろげ、冷たい水で絞った布を額に置いてくれた。

今日も皆はごはんを食べて、散歩して、訓練をしている。

全部をオスカーが一人で。雛が五羽も増えて、若手がぐんぐん知識を吸収している大変なときに、セシルが風邪なんか引いたから。

十二で保護者を失ってから、セシルは全部のことを自分でやってきた。これくらいの風邪なんて、たいしたことじゃなかったのに。

何もせずにぬくぬくと寝ている自分が許せず、つい涙が零《こぼ》れてしまう。

腕の中に温かいものがないのが寂しい。寂しさなんて慣れっこだったはずなのに。あたたかくて優しいこの場所に来たせいで、セシルはもしかしたら、弱くなっているのかもしれなかった。

それでもお粥《かゆ》を食べ、水を飲み、ごろごろしているうちにうとうとと眠りに落ちたらしかった。

ふっと夕暮れの中に空気の動きを感じ、セシルは半分覚醒した。

「勝手に入ってすまん。薬もらってきた。飲めそうか?」

「……」

優しい声の、大きな男の人の影。

そっと大きな手に抱き起こされ、上半身を上げる。ぐらりと倒れそうなセシルの体をオスカーが支える。

「ゆっくりな」

木の匙《さじ》で、少し苦いものが口に流し込まれた。

「……苦い」

「頑張れ」

少しずつ、少しずつ。それでも零れたものが口の端を伝って流れ落ち、大きく開いた襟元から鎖骨に流れる。

「おっとすまん」

「……」

そっと布で拭いてくれた手に、涙が落ちる。役立たずで怠け者の自分が、誰かにこんなふうに優しくしてもらえる理由なんかない。

失望されていたらどうしよう。雇うんじゃなかった。お荷物だと思われたらどうしよう。セシルの居場所は、世界にもうここしかないのに。

「……泣くな。苦しいか？」

「ごめんなさい」

はらはらと涙が落ちる。目が熱くて、鼻の奥が痛くて苦しい。

「……」

「風邪なんか引いてごめんなさい。また明日からちゃんと働くから、ここにいさせてください」

「……セシル」

「お願いですやめさせないで……ここにいたい。ここに、いたいんです。……なんでもするから、お願いです。ここにいさせてください……」

オスカーの顔を見るのが怖い。あとからあとから涙が溢《あふ》れ、止まらない。

「……」

そっと身をベッドに戻され、布団を直された。ひんやりとした新しい布が額の上に置かれる。

「風邪なんてみんな引くだろう。そんな理由でやめさせるわけがない。何も心配せずに、今日は寝ろ」

「……」

寂しい、行かないで、と言いたくなった。だが言えるわけがない。彼は忙しいのだ。セシルのせいで。

静かに扉が閉まった。夕暮れの赤の光の中で泣きながら、セシルはまた眠りに落ちた。


「薬飲めたか？　セシル」

手土産を持ってタイミングよく遊びに来たアランが、あっけらかんとした顔で聞いたあと、まじまじとオスカーの顔を見た。

「すげぇ顔してるぞオスカー。大丈夫かお前」

「……俺は今、自己嫌悪で死にそうだ。アラン」

どさりと椅子に座り、オスカーは額を押さえる。

オスカーはこれまで、セシルに軍仲間や男同士のように何の気遣いもなく接していた。相手は体の細い、十六歳の女の子だと知っていたのに。

それを毎日休みなく働かせて、体調悪いのを自分から言い出せないような状況にして、辛《つら》そうに泣かせて、あげく言わせるセリフが『なんでもするからここにいさせて』だ。

自己嫌悪で胸がムカムカする。こうなるまで彼女の不安に気付かない自分が、情けなくてたまらない。

セシルはいつだって明るかった。いつ見ても笑っていた。十二で保護者を失って、ずっと働き続けた牧場を突然クビになった十六の身寄りのない女の子が、新しい場所と雇い主の下で、心細くなかったはずがないのに。

細い首、折れそうな鎖骨。腕に伝わる薄くて軽い体。あんな壊れ物みたいな体で、セシルは必死で、毎日働いてくれていたのに。

「弱音も吐かず、明るい顔して必死に頑張ってたんだ。俺はそれを察して、セシルがどんだけやりたがっても、負担を減らしてやらなきゃいけなかった。俺はいい。ここは俺の牧場なんだから。倒れるまでやったって俺の勝手だ。でも従業員の体力に見合う作業の量は、俺が考えてやらなきゃいけなかった。評価してることを、感謝してることをもっと伝えてなきゃいけなかった。……馬鹿だ。俺は」

「……なんか違くないか？」

「……何がだ」

「別にセシルは働くの嫌じゃねぇし、風邪引いたのお前のせいだなんて思ってねぇよ。ランフォルが好きで、この牧場が好きで、働くのが好きだから、今思うように動けないのが辛いだけだ。今回のことでお前が自分を責めたらセシルはもっと辛くなる。お前だけが背負おうとするんじゃなく、お前が荷物を分けて、みんなで持てるようにしたらいい」

「……」

「苦労性もいいけど、たまには自分が楽することも考えろ。セシルを安心させてやれよ」

「……」

アランが腕を伸ばし、オスカーの肩に腕をかける。

「アブラハムさんの腰、もういいみたいだぞ。元気になったら今度はうるさくってしょうがないって奥さんが愚痴ってた。あの性格じゃ自分から復帰したいなんて言えないだろうから、お前から声をかけてやれ。アレアンさんちの長男も、そろそろ自分の食《く》い扶持《ぶち》を探したいらしい。十三だけど、真面目で我慢強いいい子だ。探せばそんなやつらいっぱいいる。町長さんのとこに行ってみろオスカー」

「……アラン」

「ん?」

アランの茶色の目が、なんでもないようにオスカーを見返す。

こいつは最初からそうだったと思い出す。『オークランス牧場の跡継ぎになるかもしれない子』としてどこか腫れ物に触るように接してくる同級生たちの中にあって、アランだけは最初から無遠慮で、オスカーの扱いが雑だった。一見何も考えていないように見えて、オスカーがそうされたいと口には出さずとも願っていたことを、アランは最初から見抜いていたのだと思う。

「……お前がいてくれて嬉《うれ》しい」

アランが吹き出し、オスカーを見て、やっぱり笑った。

「セシルにもそう言ってやれ。俺は知ってるから今更だ」

「ああ」

長年の友人の顔を見る。日に焼けて、どこか抜けた、お人好《ひとよ》しの顔。

友達っていいもんだな、と思いながら、ん？　とオスカーは思った。

こいつに対して髪を撫でたいとか、肩を抱きたいとか、涙を拭いてやりたいなんて微塵《みじん》も思わねぇな、と。

「……」

「オスカー？」

「……いや、多分、これ以上は考えないほうがいいことだ」

「俺は考えたほうがいいと思うぞ。すごくいい傾向だ。俺は嬉しい」

にかっとアランが嬉しそうに笑う。

「ちなみに俺の妻はご存じの通り隣んちの子で、鼻垂らしてるガキの頃から泥まみれで遊んでたけど、ある日を境に別人に見えた。その日から俺は妻一筋だ」

「……ある日って？」

「たいしたことじゃない。彼女が道で転んで膝小僧擦りむいて泣いてるのを、おんぶして帰っただけだ。いつもはべちゃくちゃしゃべってんのに、その日はなんかお互いなんも言わなかった。夕日がでっかくて、小麦畑が赤かった。それだけだオスカー。きっかけなんて、石ころみたいなもんでいいんだ」

「……」

「自分を騙《だま》すなよ。苦しくなるだけだ」

そう言って、アランは去った。

「……」

一人になった部屋の中、オスカーはクアクアクアクアに囲まれながら、自分が考えるべきか考えないべきかを、じっと考えている。


「オスカーさん！」

朝。ぐっすりと眠った自分の体が軽いことに気付き、セシルは飛び起きてオスカーの部屋に向かった。

朝だけど許してほしい。とんとんとノックすれば、それはすぐに内から開いた。

まだ寝ぐせのあるオスカーが、セシルを見て驚いた顔をしている。

「一晩寝たら治りました！　お薬のおかげです。ほら元気！」

ぴょんと跳んで見せる。反応が悪いのでもう一回。

オスカーの手が額に伸びたのでじっとした。大丈夫な自信がある。

ほらねほらねと見上げる先で、オスカーがふっと笑った。

「無理してないな？」

「してません。むしろ今日もみんなに会えなかったら死んじゃいます。働かせてください！」

「……わかった。無理するなよ」

「してません！」

「そうか。レアンとノワが昨日の夜クゥクゥ鳴いてたから、朝一に抱いてやってくれ」

「わかりました！」

ダッシュでオスカーの部屋に入り、もぞもぞしているふわふわな塊を見る。

ぴこんと蜂蜜色のノワが飛び出した。セシルを見て、クアッ、クアッと鳴く。

その声につられるようにピコッとレアンも立ち上がった。こちらもクアッ、クアッ。

膝をついて腕を広げる。激突するみたいに二羽が走り込み我先にそこに埋まる。

ぐりぐりと押し付けられるふわふわでやわらかな体。お日様のにおいと、雛独特の甘い香り。オスカーの部屋で彼にくっついて寝たからだろう、少しオスカーのにおいもする。

「おはよう。……寂しくして、ごめんね」

撫でていたらぼろぼろ涙が出てしまった。大好き、大好きと思いを込めてその体を撫でる。少しの間だって離れたくない。セシルはこの子たちが大好きだ。

髪を食《は》まれる。まだ手加減がわかっていないから少し痛いけど、その痛みさえ嬉しい。

「大好き」

クアッ、クアッ。可愛《かわい》い声。今だけの声。ずっと聞いていたい。

「セシル」

「はい」

「これからは週一は休みにしよう。体を壊す」

「……話が違う」

ショックのあまり、セシルは震えた。

「風邪引いた罰ですか!?　なんでもしますからそれだけは勘弁してください！」

「違う！　さすがに毎日はやりすぎだまた病気になる！」

「働かないほうが病気になります！　目の前にランフォルがいるのに指一本触《さわ》れないなんて死んだほうがましだ！」

「……」

「頑張って我慢してる前でどうせ自分は働くんでしょう！　ずるい！　ひどい！　オスカーさんの意地悪！」

「……」

想像してぶわっと涙が溢れた。オスカーが頭を抱えている。セシルは譲るつもりはない。これはセシルの生きがいだ。

「……そうなるのか。うん、そうだよな。わかった。これから何人か人を入れるから、そのつもりでいてくれ。やれることは手分けして、若いやつが入ったら俺たちで育てる。手伝ってくれるか」

「はい！」

にっこりとセシルは笑った。毎日ランフォルのお世話をしてよくて、仲間が増えて、オスカーも楽になるならそれ以上のことはない。

「セシル」

「はい」

「セシルが入ってくれて本当に助かってる。これからもここにいてほしい。だけど昨日みたいのはもう、なしにしてくれ。弱ってるのを隠されるのは、信用されてないんだなって気になって、寂しい」

「……」

「体調が悪かったり、どこか痛かったら教えてくれ。俺は絶対に、セシルをいきなり解雇したりしない。頼むから、俺を前の上司と一緒にしないでくれ」

どこかが痛そうな顔でそう言うこの人を、自分は昨日傷つけたのだとセシルは気が付いた。

ペスカに痛みを隠されたときの悲しみを、セシルは知っていたはずなのに。

「……ごめんなさい。オスカーさん」

「うん。いい。こっちも悪かった。改めて、これからもよろしくな、セシル」

「はい」

右手を出されたので握った。正面で目を合わせ、微笑《ほほえ》み合う。

部屋にお日様の光が満ちる。今日も頑張ろうと、セシルは思う。

くう、とおなかの音が響いた。そういえば昨日はあんまり食べていなかった。

「飯行くか」

「はい！」

クア、クア、クアを引き連れて、今日もいっぱい食べるぞと、セシルは食堂に進んでいく。


セシルがここに来て三月《みつき》経った。

まだまだ幼毛のままの雛たちは、それでも最近社会性がついてお互いを認識し、遊び合っている。

つんつんつつき合ったり、ころころとお団子になったりあちこちでいたずらしている姿が微笑ましい。

今日もオスカーと声を揃《そろ》えてワッチマルマルと魔法の歌を歌いながら厩《うまや》を掃除し終え、雛たちが遊んでいるのを見ているとき、一度お屋敷に戻っていたオスカーが歩いてきた。

「セシル。職員証届いたぞ」

「ありがとうございます」

セシルの名と生年月日が書かれた、セシルがオークランス牧場の職員であることを証明する身分証だ。これとオスカーの委任状があれば、セシルはオスカーの代理で、さまざまな手続きをすることができる。

「誕生日、来週なんだな」

オスカーがセシルの横に腰を下ろす。

「……はい」

「何か欲しいものあるか?」

「ないです。もうもらってます。いっぱい」

新しいのと、コンクールに出るための公式な型の騎乗服はもう作らせてもらった。仕上がりを楽しみに待つばかりだ。

「なんかあるだろう。なんか」

「いいえ。大丈夫です。……もう一生、誕生日プレゼントは、誰からももらわないって決めてます」

「なんでだ?」

「……」

風が吹いた。髪を耳にかける。

思い出したくない、今まで誰にも言ったことがない、セシルの記憶。

一度くらい人に話してみたっていいかもしれないと、セシルは初めて思った。

痛いところ、弱いところ。相手を信じ、勇気を出してそれをさらけ出すのも、人の間で生きていくにはきっと、大事なことなのだ。

「昔、可愛い赤い靴を履いている子がいて、私、それを見て、一目で欲しくなったんです」

「うん」

「りんごみたいな赤で、つやつやしてて。その年、町で流行《はや》ってたらしいんです。女の子らしいものをそれまで欲しがったことがなかったから、祖父と祖母がびっくりして、それじゃあ町で買ってこようかってなって、二人していつもより少しおしゃれして出かけていきました。珍しく二人で、町に」

まだかな、早く帰ってこないかな、とセシルは軒先に座り、二人の帰りを楽しみに待っていた。

「夕方、『二人が暴れ馬に蹴り殺された』って、お使いの人が知らせに来ました。……じいちゃんがばあちゃんの前に立って、ばあちゃんは腕に、守るみたいにこれを持っていたって。傷一つない、真っ赤な、つやつやの靴」

そうだ。そういえばあれは結局、一度も履かなかった。

「家の中、夕焼けで真っ赤でした。あとは焼き上げるだけの料理がテーブルの上にあって、お祝いの日にしか使わないお皿が並んで、ピカピカしてました。家中のいろんなとこが、あの靴みたいだった」

赤。赤。赤。赤だけが、あの日セシルを取り巻いていた。

「……私が、あんなもの、欲しがらなければ。私があんなこと言わなければ、二人はあの日町に行かなかったんです。死なないで、ずっとそばにいてくれた。私が、あんなもの欲しがらなければそうなったのに。そっちのほうが私、ずっと嬉しかったのに」

「……」

拳を握る。ぼろぼろと涙が落ちる。ぎゅっと固く目を閉じる。

セシルの誕生日。それはセシルの大切な、大好きだった人たちの命日だ。

「……私のせいで死んだ」

「……違う」

「両親のない変な子を、あんなに優しく育ててくれたのに。私が二人を殺した」

「違う」

「……私が殺したぁ……」

「違う！」

セシルは目を開けられない。背中にそっと手が添えられる。

「絶対に、違う。何一つセシルのせいじゃない。ただ、たまたま運が、巡り合わせが悪かっただけだ」

「……」

「セシルのせいなわけがない。十二歳の女の子が、誕生日に可愛い靴を欲しがっただけだ。セシルが自分のせいだなんて思ったら、二人だって辛い。セシルが二度と可愛いものを可愛いとか欲しいと思えなくなったら、一生自分の誕生日を祝えなかったら、二人はとても悲しい」

穏やかな声。大きくて優しい手。

初めての、罪の告白。それを赦《ゆる》されているようなぬくもりに、体がぶるぶる震えて涙が落ちる。

「今年はちゃんと誕生日をお祝いしよう。みんなを呼んで、美味《うま》いものいっぱい食って、歌って踊って。プレゼントも用意するから考えてくれ。そうしてからおじいちゃんとおばあちゃんに、十七になったって報告しよう。今年はたくさん祝ってもらった。プレゼントをもらったって。今はもう一人じゃないから安心してくれって。そうしよう。セシル」

「……」

すん、と鼻をすすりあげて、自分の感情が穏やかになっていることを確認してから目を開け、その顔を見た。

青い目は真剣に、まっすぐにセシルを見ている。

一度目を伏せてから、こくんとセシルは頷《うなず》いた。

「よかった」

白い歯を見せて微笑んだ目の前の顔を、セシルはじっと見る。

この人は本当に誠実で、優しい人だなと思う。

「……もう平気ですオスカーさん。急に泣いて、すいません」

「そうか？　無理するなよ」

「いいえ。ありがとうございました。訓練に戻りましょう。時間取っちゃってすいません」

「いいや。うん、じゃあ戻るか。大人たちの散歩は俺がやるから、セシルは雛たちのほうをやってくれ」

「わかりました」

言いながら別れた。

クアックアッのみんなを順番に抱く。

そうしているうちに徐々に徐々に胸に嬉しさが湧き上がり、ドキドキする。

五年ぶりのお誕生日会。主役というのはどんな顔をしていいのか忘れてしまった。でも、嬉しい。

すごく。とっても。

甘いケーキに美味しそうなごちそう。お誕生日の歌、リボンのかかったプレゼント。もう二度と望んではいけないと思っていた、記憶の中だけにある数々のもの。

うずくまって泣いているセシルを囲み、雛たちがクアクアクアと鳴く。髪をツンツンされて、ふわふわな羽毛に四方八方からぎゅうぎゅうと押される。

「うん。うん。……今日も頑張ろうね、みんな」

まとめて腕に抱き、クアッ、クアッを聞きながら、セシルはぽろぽろと涙を落とした。


「じゃあ、きれいにしましょうねセシルちゃん。腕によりをかけてかけてかけてかけまくるわ」

にっこりとアデリナが、迫力のある顔で笑っている。

「余計なことするなよアデリナ」

「まあ失礼ね。しませんよこんな可愛い子に。お粉をはたいて、少し色をのせるだけで充分。きれいな肌。素敵な髪」

ムキムキした男性はアデリナの旦那さんのガンツさん。髭《ひげ》が生えていて、胸板が分厚い。腕のいい大工さんなんだそうだ。

今日はセシルの誕生日。あのあと言葉通りセシルの知っている人に、オスカーに頼まれたピオが招待状を作って持って行ってくれた。ちゃんと特別給はもらってるからと、きれいな色でそれを書いて、軽やかに走ってくれた。

お化粧と服をアデリナの家で整えてもらってから、セシルはお屋敷に戻ることになっている。

こぢんまりとした可愛い家だ。煉瓦《れんが》の壁に赤い屋根。家の中はきっとアデリナが作ったのだろう色とりどりのキルト、乾燥させて壁に吊《つ》るした花、可愛い小物。このおうちが大事、というアデリナの気持ちが伝わってくる。

「どれにする？　セシルちゃん」

「……みんな可愛い」

「私の若い頃の服。娘ができたら着せようと思って取っておいたの。そんな機会はなかったけれど」

「……」

「あらごめんなさい余計なことまで。一周回って今また流行っているらしいから変じゃないわ。いいやつだけ残しているし。今日は主役だから派手なのにしましょう。これなんてどう？　きっと似合うわ！」

真っ赤な薔薇《ばら》がついたよく光るドレスを押し出され、セシルは焦った。こんなの着たことがない。スカートなだけでセシルにとってはすでに新しいのに、こんなのを着たら目がチカチカしてしまいそうだ。

「もう少し……自然なのが嬉しいです」

「あらそう？　じゃあこれは？」

クリーム色の生地にやわらかい色の花が刺繍《ししゅう》されている。

レースもついているけどそれほどびらびらはしていない。これくらいならチカチカせずにすみそうな気がする。手に取れば軽く、やわらかい。ランフォルの雛みたいだと、セシルは微笑む。

「はい。好きです」

「そう？　じゃあこれにしましょう。先に着替えて、それからお化粧と髪」

「はい」

アデリナのうきうきした気持ちが伝わってきて、セシルもうきうきしてきた。

別室に行くか聞かれたが、手間だろうと思いその場で着替え、鏡を見たセシルは声を上げた。

「アデリナさん！」

「なあに？」

「この服肩がありません！」

「わざとです。いいのよ最近暖かいし。きれいなものはどんどん出していかないと。やだ真っ白でツルツルピカピカ。男じゃなくても触りたくなるわ」

「……」

そうなのだろうか。そういうものなのだろうか。何も言えないままセシルは鏡の前に座った。

「このぴんとしたのはずっとぴんなのかしら？」

「はい。何してもぴんです」

「可愛いチャームポイントね。髪には生のお花をいっぱい飾りましょう。花冠みたいに、花嫁さんみたいに。きっと白が似合うわ。少し小さめの赤も入れて。アクセサリーも変にギラギラした宝石より、小さめの真珠や貝のなんかにしましょう。ナチュラルなほうが、きっとセシルちゃんには合うわ」

「アデリナさんすごい」

「昔は中央で髪結いをしていたの。今でもときどき頼まれればやってるわ。楽しいの。やらせてくれる？」

「はい、お願いします」

「本当にきれいなお肌。余計なことはしないで、でも少しだけ大人っぽくしましょうね。男性たちの視線が痛いでしょうけど、可愛い子の義務だと思って受け止めるのよ」

「可愛くは……」

「女の子はみんな可愛いの。認めてください」

「……はあい」

アデリナが笑う。優しくて明るくて、チャーミングな人だ。

顔に刷毛《はけ》が走ってくすぐったい。セシルはそっと目を閉じた。

オークランスの一室がにぎわっている。

料理人のゼフ爺《じい》さんとマル婆さんが張り切って作った料理が並んでいる。それぞれの家のご自慢のお持たせも皿に盛られ、今年の野菜の出来はどうだとか、あの家のあの子がどうだとか、噂話《うわさばなし》に興じている。

アランは最近若手の一員として、このポスケッタの田舎町の将来について考えている。せっかく温泉《テルメ》があるのだ、町総出で大きな温泉施設を作ってはどうかと盛り上がる若手一同と、そんな大きなものを作ったところで客が来なければただの大赤字だと首を横に振る爺さん一同で、割れている。

確かに何もしなければこのまま先細り、どんどん人がいなくなっていくだけだということはアランにもわかる。だがしかし爺さんたちの言うことももっともだという年寄りめいた保守的な考えが、アランの中にもないわけでもない。

農業と畜産業、そしてこの牧場頼りの現状はいつか打破したい。隣に座る男の顔を見て、はあ、とアランはため息をついた。

「なんだ人の顔を見てため息なんかついて。失礼なやつだな」

「ああすまん。考え事だ。主役はまだかな」

「そろそろだろう」

涼しい顔で言う男の顔を見る。

子どもの頃から、どの成長段階でも顔が整っていた。いつもその場の誰よりも何か達観していて、どことなく爺《じじ》くさい。だけど誰よりも丁寧に、始めたことはなんでも必ず最後までやりきるやつだった。

男の自分でも憧れるようないい顔だ。長くなった髪を後ろでひとまとめにしているので出ている額の形はよく、すっと嫌味なく鼻が高い。鋭いが鋭すぎない青い目はしゅっとしたまなじりが涼しげで、真面目そうに引き結ばれた唇は、すぐに優しげにほころんで微笑みを形作る。

男らしい、いいやつなんだよなあと思う。これで根が優しくて真面目なんだから、自分が女だったら選ばないわけがない超絶優良物件だと思う。妻が自分を選んでくれた幸運に、アランは感謝しなければならない。

ざわめきの種類が変わった。扉が開き、誰かが入ってきた。

ランプの明かりに、ほっそりとした女の子の姿が浮かぶ。真っ白な丸い肩を出し、白い花に飾られたとろけるような色の髪を揺らし、水色の大きな潤んだ目で不安そうに周りを見ている。

花の刺繍が散らされた、かすかに透けるレースのドレスに包まれた体が折れそうに細い。今にも泣き出しそうな顔をしていて、頬がわずかに赤い。

戸惑っている。怖がっている。

腕を伸ばして抱き締めたい。大丈夫だよと言ってやりたい。

どこか世界からぽつんと切り離されたような、目を離したらふわりとどこかに消えてしまいそうなはかない雰囲気を持つ、妖精のような女の子だった。

それに息を呑《の》んで思わず見入ってから、アランははっとして横の男を見た。

親友である男前は、青い目を見開き固まっている。

ああ、とアランは額を押さえた。

俺もあのとき、こんな顔をしてたのか、と。

知ってるはずの人が昨日までとは別人に見える、不思議な境。目の前の曇りがパリンと晴れたなんとも言えない瞬間の顔。

つくづく思う。自分はあのとき、誰かに見られなくて本当によかったと。

オスカーが杯を置き、頭を抱えた。うん、わかる。

わかるわかる。わかる。

「……アラン」

「なんだオスカー」

「もしもだ」

「ああ」

「もしも三月。今来たあの子と一つ屋根の下で寝起きして、毎日朝昼晩いっしょに飯食って、寝るとき以外ほぼ同じ場所で仕事して、肩組んで顔近づけてたまーに同じ部屋で寝て、肩車して指で食いもんアーンされて介抱して目の前で何度も泣かれておいて、その子に惚《ほ》れてるのに今の今まで気付いてなかった男がいたら、そいつをなんて呼ぶ」

「ああ知ってるぞ教えてやる。『馬鹿』だオスカー」

「そうだなアラン。……『馬鹿』だ」

はあああ、と深いため息。見ちゃいけないと思ったがつい見てしまう。オスカーは一度ぎゅっと目を閉じ、またその青い目でじっと彼女を見た。そして、また頭を押さえる。

「いや……」

「……」

「…………可愛くないか？」

ぶはっとアランは笑った。こいつのこんな馬鹿面をアランは初めて見た。

「最初から言ってるだろ。セシルはずっと可愛いよ。馬鹿オスカー」

「……言ってたなあ」

「どうする？」

「何がだ」

「告白しねぇの」

「……できないだろ立場的に。セシルが可哀想《かわいそう》だ」

「……そうなるよなぁ」

今度はアランがため息をつく番だ。

セシルがオスカーを好きならいい。だがそうでなかったら、セシルはここにいるために主人の気持ちが嫌でも歯を食いしばって受け入れるか、ここを去るしかなくなる。

ぽんと親友の肩を、アランは叩《たた》いた。

「惚れさせろオスカー」

「どうやって」

「愛と誠意だ。俺はそれ以外知らん」

「頼りねぇ」

「仕方ないだろう。知らないんだから」

「ああ。役に立ついいアドバイスをありがとう」

「どういたしまして。セシルがお前を探してる。こっちに連れてきてやれ」

「ああ」

オスカーが立ち上がった。セシルがオスカーに気付き、ぱっと安心したような笑顔になる。

嬉しそうなその様子に、嫌われていることはないだろうとアランは思う。だがそれが、今さっき
あいつが気付いたものと同じ種類のものなのか、男の自分にはさっぱりわからない。

アランは杯を持ったままそっと立ち上がって、立ったまま談笑しているアデリナに近寄った。

「アデリナさん」

「あらアラン君。大きくなったわね。失礼」

「何年も変わってないですよ。アデリナさんはどう思います」

「何の話かしら」

「セシルはオスカーに惚れてますか？」

「前置きもなく野暮なことを聞くわねえ」

ん～、と、アデリナは頬に手を当てた。

「少なくとも嫌いじゃない。でもまだ恋にはあと一歩届かない。そんなところじゃないかしら」

「微妙だなあ」

アデリナの紅を塗った唇の端が上がる。

「それでも今日、あの子がおめかしした姿を一番に見せたいのはオスカーさんだと思うわ。そうなれば、もうあとは時間だけの問題。女がきれいになりたいときに考える相手は今恋に一番近い人のことだもの。明るく見えて怖がりな子だから、あまり性急に行かないほうが、かえって近道だと思うわ」

「……お見通しっすね」

「年の功よこの洟垂《はなた》れ坊主。あら失礼、いつか割ってくれたお気に入りの植木鉢はちゃんとインテリアにしてありますからねアラン。いいこと、あまりオスカーさんを焚《た》きつけるんじゃないわよ。オスカーさんが頭に血が上っちゃってうっかり間違って狼《おおかみ》にでもなれば、あの子はぴゅっと逃げ出しちゃうわ。信じてた人に裏切られて、心がとっても傷ついて。裸足《はだし》で泣きながら、ひとりぼっちでずっと遠くに」

「……わかりました」

「お願いよ。オスカーさんのことだから心配しないけれど、男って何か妙なときに突然爆発することがありますからね」

「はい。身に染みてます」

「今日は奥様は？」

「来たがったんですけどつわりがぶり返して。めでたい席で何かあったらいけないから、行くのはやめるって」

「そう。労《いた》わってあげて。産前産後夫は妻に従順な献身をしたほうが、残りの長い人生が過ごしやすいわよ」

「胸に刻みます」

アデリナに挨拶をし、アランは席に戻る。

セシルがオスカーの隣に座っているので、アランはオスカーの正面に腰かけた。

『オスカー』

「ん？」

『褒めろ』

口の形でそう言って、テーブルの下で足を蹴る。行け、と目で伝える。

女性が普段と違う格好をしているとき、あるいは髪を切ったとき、男は気付かないと、口に出すのが褒め言葉でないとひどい目に合う。

まして無理やり褒め言葉を出すわけじゃない、ちゃんとこんなに可愛いのだ。褒めなくてどうするのだとアランはオスカーを睨《にら》む。

チラッチラッとセシル、アランを見て、オスカーは言葉に詰まっている。アランは席を外すことにした。あとはお若いお二人でだ。

アランに去られてしまい、オスカーは少し動揺した。

隣のセシルを見る。普段直毛の蜂蜜色の髪は今繊細に編まれ、生の花が細かく差し込まれている。

派手な薔薇じゃない。生き生きとした小さな花々。セシルっぽくてよく似合う。

先日は襟元からわずかに覗《のぞ》くだけだった白い鎖骨が、今日は丸見え。剝《む》き出《だ》しの肩は丸く、白く、そこからほっそりとした腕がすんなりと伸びている。

目尻に少しだけ赤っぽい色がのり、唇がグミの実のようにつやつやと光って赤い。

とても少年には見えない。女の子。いや少し大人びて、女性にしか見えない。

「オスカーさん？」

水色の目がオスカーを見る。しまった見すぎた。ガン見にもほどがあるだろう今のは。

「いや、セシル」

「はい」

「誕生日おめでとう。とても……似合ってる」

「……」

ほっと息を吐き、はにかむようにセシルが笑った。オスカーはちょっとめまいがした。

この先今まで通りにできるか、不安しかない。とりあえず一緒の部屋に寝るのと、部屋に入れるのと、部屋に入るのだけはやめようと己に誓う。肩車もだ。やめることが多い。

「よかった。変じゃないかなあって、ドキドキしました」

「変じゃない。……似合ってる。すごく」

「やったあ」

「こらこら腕を上げるな。せっかく可愛い……服を着てるのに」

「はい。気を付けます」

「何か持ってこようか？」

「一緒に行きます。何があるか見たいから」

「そうか」

連れ立って歩いていると、ピオが来た。

「オスカーさん、セシル」

「ピオ」

「これ俺の親。あときょうだい。遠慮なく全員で押しかけてごめんな。いっぱい食っていいんだよな！」

「ああ。いっぱい食ってくれたほうが爺さんたちが喜ぶ。いつもご子息をお借りしてすいませんアッシャーさん。賢くて気が利いて、本当に助かっています」

日に焼けた、小柄なピオの父親が頭を下げる。

「とんでもない。うちの小賢《こざか》しいのが何か失礼なことをしていないかといつもヒヤヒヤしとります。今日は私たちのようなものまで、奥様のお誕生日会にお招きいただき恐縮です」

「奥さ……」

「すっげぇきれいだなセシル。これじゃあ惚れ直しただろうオスカーさん」

「惚れ……」

「わかったような口叩くなピオ！　こんな美人、惚れ直すどころか毎日惚れ倒してるに決まってるだろう！」

「……」

もう何を言っても深い墓穴しか掘れない気がして、オスカーは口を閉じた。なんだ俺、そんな顔してたかと、ピオの父ではないが内心ヒヤヒヤしている。

「ピオ」

「ん？」

セシルが右手を差し出した。ピオがそれを握り、にっと笑う。

「ちゃんとしてんじゃんオスカーさん。見直したぜ。大事にしてもらってよかったな、セシル」

「うん」

わいわいとピオの一家は離れていった。病気がちだという痩せた奥さんが、最後に振り返ってオスカーに礼をした。

「仲良しですね」

「うん。よかった」

今度は初見の家族が寄って来た。母親に男の子が二人、女の子が一人。

「ロラ＝アレアンです」

母親が名乗り、頭を下げた。

ああ、とオスカーは気付いた。今度新しく入る子と、その家族だ。

母親の横に立つ少年をオスカーは見る。おそらく彼の持つ一張羅を着て、とても緊張した様子で頬を染めている。銀色の髪に灰色の目。真面目で優しそうな顔をしている。

「ニコル＝アレアンです。よろしくお願いしますご主人様」

「そんな柄じゃない。オスカーかオスカーさんでいい。こっちは飼育員のセシル。ニコルの先輩だ」

「……奥様じゃ……」

「飼育員のセシル。ニコルの先輩だ」

「よろしくねニコル。一緒に頑張ろう」

「……」

ポーッとセシルを見つめてから、ハッとした様子で頷く。

「よろしくお願いします！」

最後にもう一度母親とぺこりと礼をし合い、別れる。

「いい子そうですね。優しそうで、真面目そうで」

「うん。小さい頃からあちこちで働いているそうで、評判もよかった。器用そうだし、勤勉なやつは助かる」

「楽しみです」

料理を皿に取り、テーブルに戻る。何食わぬ顔でアランが座っている。

「よう。さっきはどこ行ってたんだ？」

「ちょっとお花を摘みにな。野暮なことは聞かないでくださいな恥ずかしいわ」

「そうか。可愛いレディに失礼した」

「アブラハムさんはオッケーしたか？」

「ああ。めんどくさそうに、仕方ねえなあってさ」

「あの人らしい」

アランが明るい顔で笑う。アブラハムはかつてこの牧場で働いていた、年季の入ったランフォルの飼育員だ。腰を悪くして、一度はこの牧場を去った。

重い荷を持ったり散歩は難しいかもしれないけど、ニコルに仕事を教えたり、餌の配合を考えたり、地上の様子を細かく見てもらうにはうってつけだ。彼は死んでも自分の仕事の手を抜かない。人にものを教えるというのは重労働だ。でもあの爺さんならねちっこく、諦めずに教えてくれるだろう。ニコルには頑張ってもらうことになるが、そこは細かく目を配り、フォローしながら祈るしかない。

「よかったな」

「……ああ」

オスカーは感謝を込めて親友を見た。こいつに正しく背中を押してもらえなければ、きっとオスカーは思いつめて、見当違いなことばかりしたことだろう。

楽器を持った一団が現れ、拍手が起こった。セシルがびっくりした顔でそれを見ている。

「セシル！　前に来いよ！」

ピオがセシルを迎えに来た。恭しくエスコートまでしている。

「小賢しいやつめ」

「ああ。羨ましいね」

「譲ってる場合かよ。アデリナさんから伝言だ」

「なんだ」

「焦るな。お前が狼になれば、セシルはぴゅっと逃げ出す。『傷ついて裸足で泣きながら、ひとりぼっちでずっと遠くに』だそうだ」

「ああ。……わかってる」

前に出たセシルを囲み、楽器の音が響く。

みんな暇だから、趣味で何かしら楽器をやっている。中には玄人はだしのやつもいて、なかなかいい演奏をする。

喜びの歌を歌おう
祝福の舞を舞おう
心からの寿ぎ《ことほ》　贈り物を贈ろう
今日はあなたの生まれた日　生まれてくれてありがとう
今日はセシルの生まれた日　お誕生日おめでとうセシル

セシルが泣いている。目をぎゅっと閉じて、ピオに心配されながら。

大人たちは和やかに笑っている。感動して泣く彼女の様子、ピオの困った様子が微笑ましいからだ。

ピオが走ってきてオスカーの手を取った。ぐいぐい引かれて皆の前、セシルの横に立つ。

肩に手を置き、つるりとしたものに触れてぎょっとした。そうだここは今日出ているのだった。

慌てて手を置く場所を背中に切り替える。

「おめでとう、セシル」

「オスカー、さん」

「ん？」

「本当に。私、ここに来られて、よかった」

「……うん」

「とっても嬉しい。いっぱい、すごく幸せです。……ありがとうございます」

「うん。それなら、俺も嬉しい。……生まれてくれてありがとう、セシル」

涙が止まらないセシルに、ピオが布を渡す。それで顔を隠して肩を震わせているセシルに、皆が微笑んでいる。

十二歳からずっと一人だったセシル。大好きな祖父母の死を自分のせいだと決めつけて、毎年どんなふうに自分の誕生日、彼らの命日を過ごしていたのだろうと、思うだけで胸が痛い。

十二歳なんて子どもではないか。そんな子が傷だらけになって働き、自分で自分のごはんを作り一人で食べ、夜を一人で眠っていたのだ。この子はずっと、どんなに寂しかっただろうと思う。

ちょっとオスカーも泣きそうだ。セシルを椅子に座らせ、飲み物を飲む。

「セシル」

ピオが来た。

「うん」

セシルが胸を押さえてから、顔を覆っていた布を取った。長いまつ毛が濡《ぬ》れ、目が赤くなり、目尻の色が薄くなっている。

「これプレゼント」

「ありがとう」

「石だよただの。でも、一番きれいなやつだからな」

「もらっていいの？」

「うん。セシルの色だもん」

ちゃんと布で包みリボンをかけてあるそれを、セシルの指がそっと解く。中からセシルの目と同じ、水色の半透明の石が現れた。

せっせと磨いたのだろう。表面がきれいだ。

金はないけど少しでもきれいなものを贈りたいと思った、小僧の気持ちが滲《にじ》むような贈り物だった。

「……お化粧が取れちゃう」

石と同じ色の瞳に涙が盛り上がり、ぽろぽろと玉になって落ちた。ピオが嬉しそうに笑っている。

「いいよ。泣いてる顔も、すっげえ可愛いぜセシル」

いつの間にか横に立っていたアランに軽く足を蹴られた。わかってる。ピオのほうがよっぽど男らしくて紳士的だ。

「セシル。これは俺んちの奥さんから」

「ありがとうございます」

アランが手渡した袋から、白いハンカチが出てくる。見事なランフォルの刺繡入りの。

「っ……」

またぼろぼろっと涙が落ちた。

「ちょうどいいな。使えセシル」

「嫌だ汚れちゃう！」

「ハンカチの意味がないじゃんかよ」

皆が笑う。セシルも、泣きながら頰を染めて笑う。

穏やかで丸い。にぎやかで明るい。

こうでなきゃいけない、とオスカーは思った。この子はこうでなきゃいけない。セシルはいつだって明るい場所で、人に囲まれ、愛されて笑っていてほしいと思った。

代わる代わる、皆がセシルにプレゼントを渡す。高価なものは何もない。素朴で、あたたかなちょっとした贈り物を、セシルは笑顔で、ときどき泣きながら受け取った。

「踊りましょう」

やがて誰かがそう言い、誰かが楽器を持ち上げ、男女が手を取り合う。

「相手がいない。ピオ付き合え」

「女役かよ。高いぜ」

「今度りんごを持ってくよ」

音楽についていけないセシルが棒立ちになっている。またアランに蹴られた。

「セシル、踊るか？」

「振り付けがわかりません……」

「周り見ながら覚えればいい。たぶんすぐだ」

男女のダンスだがあまり密着はしない。高級なダンスではなく、庶民の祭りなんかでよく踊られる、跳ねるような踊りだ。

軽快な音楽が響く。向き合って両手を取る。

「右にトン、左にトン、後ろ、前、回ってトン」

「……」

必死の形相で、セシルがオスカーの動きを追っている。

「手を取り合ってもう一回。右にトン、左にトン、離して後ろ、手を合わせて前、回って今度は背中がこっち」

後ろから抱くような形になるがオスカーのせいではない。こういう踊り、不可抗力だ。

「そのままもう一回。右にトン、左にトン、離れて前、もう一回後ろ、回って正面」

何度も繰り返すうちに覚えたようだが、残念、これはだんだん早くなる。

それに気付いたらしい。笑顔が零れる。髪で小さな花が揺れている。

もう解説はいらないだろう。音楽に合わせて体を動かし、セシルの小さな手を取って、後ろから抱く。

「オスカーさん」

「ん？」

「……楽しいです」

「そうか」

思わず腕に力がこもってしまいそうになり、抑えた。

難しいもんだなあと思う。ただ、大切に思うだけなのに。

音楽に合わせ、セシルの誕生日の夜が更けていく。


「セシル？」

廊下の端に置いてある椅子に腰を下ろし星を見ていたセシルは、暗闇からそう呼びかけられ顔を上げた。確認するまでもない。この優しい声はオスカーだ。お風呂上がりだろう。

「何してるんだ」

「星を見てました。ここだとよく見えるから」

「そうか」

もうきれいな服は脱ぎ、お化粧は落としてしまった。ただの、いつものセシルだ。

「あと、オスカーさんを待っていました」

「俺？」

「すいません。少しの間、隣の椅子に座ってください」

オスカーが隣の椅子に座る。

祖父母はよくこうやって夜空を見ていた。死んだら空の星になって、ずっとセシルを見守ると言っていた。自分のせいでそうなってしまった彼らを、セシルはこれまでまともに見上げることができなかった。

天を見上げる。たくさんの星、どれがそうだろう。空のどこまで高く上がれば、彼らにまた会えるのだろう。

「じいちゃん、ばあちゃん、この人が今のセシルの雇い主の、オスカーさんだよ。ランフォルにすっごく優しくて、セシルにもすっごく優しい人だよ。今のセシルの、神様みたいな人だよ」

ああ、ダメだ。やっぱり涙が出てしまう。

「……今日、十七歳になったよ。みんながお祝いしてくれて、歌ってくれて、プレゼントをくれて、踊ったよ。すっごく、すっごく楽しかった。十二歳のとき、きれいな靴をありがとう。……せっかく買ってくれたのに、一度も履かなくて、お礼を言わなくて、……ごめんね」

ぎゅっと目を閉じる。まだ大丈夫なはずだ。

「セシルは今、ランフォルと、好きな人たちがいっぱいで、すごく幸せです。だから、あんまり心配しないでね。……これまで、ずっとごめんね」

　涙を袖で拭っていたら、ぽんと背中を叩かれた。優しい、大きな手だ。オスカーがセシルをそっと覗き込んでから、顔を天に向かって上げた。

「オスカー＝オークランスです。セシルさんには今、私の牧場で働いていただいています。とても真面目に真剣に働き、深い愛情と思いやりをもってランフォルに接してくれる、私の牧場自慢の、誠に得難い大切な飼育員です。彼女がランフォルたちを心から愛するから彼らもまた彼女を慕い、愛しています。彼女が明るく嬉しそうに笑うから、周りの者皆がつられて笑っています。素晴らしいお嬢様を預らせていただいていることに感謝いたします。今後も大切に、お守りすることをお約束いたします」

　夜空は何も言わない。星が静かに瞬くだけだ。

　静かな風が、セシルとオスカーの髪を揺らしている。

「……ごめんなさい。こんな、変なことに、付き合わせて」

「変なんかじゃない。大事なことだセシル。きっと聞こえてる」

「はい、オスカーさん。……ありがとうございます」

「うん。気にするな。……それと」

「はい」

「これ。日誌書くときにでも使ってくれ。あとで部屋に行こうかと思ってたけど、いてくれてよかった」

オスカーが取り出したのは、黒色の羽根ペンだ。

金色の短い鎖がついていて、そこに涙型の蜂蜜色の飾りがついている。

夜空と星のようだった。この深い黒に、セシルは見覚えがある。

「これ、ひょっとしてアルコルの羽根ですか？」

「うん。小さいとこのを加工してもらった。なんかアルコルに乗ってるセシルっぽいだろ」

「……嬉しい。ありがとうございます」

「誕生日おめでとう。セシル」

「……ありがとうございます」

やっぱりぽろりと泣いてしまい、それでも笑い合って別れた。


その晩眠りについたセシルは、お星さまの間で、背の高い誰かとダンスする夢を見た。

四章 ✦ 春来る

「今日からお世話になります、ニコル＝アレアンです。よろしくお願いします」

銀色の髪を揺らして少年がお辞儀する。緊張しているのだろう、顔が真っ赤だ。

「よろしくなニコル。こっちはこないだ会ったな、先輩のセシル。で、こっちの年季の入ったのが大先輩のアブラハム」

「くちばしの黄色い旦那様は、道具は使い込むほど味が出るのを知らんとみえる。お前はしっかり覚えておけよニコル」

「はい」

「と、こんなふうに口は悪いがランフォルの生き字引だ。知識はアブラハムから、実地は俺とセシルで教える。一回で覚える必要はないから、わからない場合はすぐ、どんな小さなことでも確認してくれ」

「はい」

「ランフォルは人間に非常に友好的な生き物だが、それでもやはり別の生き物だ。彼らには彼らの理《ことわり》があり、力も強く、くちばしも爪もとても鋭い。最初のうちは成体には近づかないでくれ。毎日世話をしている姿を彼らに見せて、少しずつ慣れてもらおう」

「はい！」

「その代わり雛《ひな》は撫《な》で放題。好奇心旺盛ですぐにツンツンしてくるから覚悟しろよ。傷だらけになるぞ」

「はい！」

力の入った様子が微笑《ほほえ》ましい。

男の子だから、十三歳でもセシルより背が高い。体は薄く、まだ少年らしくひょろりとしている。

「よろしくねニコル」

「よろしくお願いします」

「じゃあさっそくいくよ」

「どこにですか」

小屋の扉を開ける。クアックアックアッと中から雛たちが飛び出てくる。

親と思ったものだけにくっつく短い期間は終わり、雛たちは今、好奇心に満ちている。新しいものが大好きだ。三羽に囲まれて、ニコルがあたふたしている。

「えっ、これ、撫でて、いいんですか」

「うん。この辺を撫でると喜ぶよ。こうして」

「わあ、ふわふわだ」

「幼毛はね。大人はもう少し硬いよ」

「へえ……」

しゃがみこみ、おっかなびっくりニコルがレアンを両手でふかふかしている。

『クア』

「……可愛《かわい》いな」

おっとりとした平和な顔で大人しく撫でられているレアンを見て、ニコルが思わずといった様子で言った。大人たちは目を合わせ、にやりとする。

オークランスの牧場で働くならば、そう思ってもらわないと困る。

「なんとこうやって抱っこもできます！」

「へえ！　俺もやっていいんですか？」

「うん。左手でおしりを持ってね。こうして」

ノワを抱く。嬉《うれ》しそうにクアクア言っている。

「あれ……思ったより軽い」

「そう。羽根で膨らんでるから」

「ふわふわですね」

「うん。ふわふわ」

彼らを抱けば人は必ず、ほっぺをスリスリしたくなる。そしてスリスリし、髪の毛をかじられ笑うのだ。

「アブラハム。俺とセシルで散歩をしてくるから、その間ニコルに餌の説明を頼んでもいいか」

「ああ腰が痛い。はいわかりましたよ旦那様」

「治ったくせに」

「ときどき痛むんです。ついてこいニコル」

「はい！」

名残惜しそうに腕からゆっくりとレアンを下ろし、ニコルはオスカーとセシルにぺこりと頭を下げてから、アブラハムに従った。

「いい子！」

「レアンを褒められて嬉しいんだろう」

「それは多分にあります」

笑い合い、並んで歩く。クアッ、クアッ、クアッと三羽がそれを追いかける。

子持ちのランフォルに三羽を頼んで、若いランフォルたちの元に向かった。

最近アルコルの体がぐんと大きくなった。翼もたくましくなって、体を預けていてとても安心感があり心地いい。艶が増しよけいに美しくなった羽根。もうアルコルは、大人のランフォルになるのだ。

皆に順番に抱きつき、首を撫でた。自ら近寄って親愛を示してくれるアルコルにうずまって抱き締める。

アルコルの雛の頃も見たかったなあとセシルは思う。きっと真っ黒で、ほわほわで、今と変わらずに優しい子だったに違いないと思う。

「顔が恋する乙女だぞ、セシル」

「はい、してるかもしれません。大好きだよアルコル。ランフォルに生まれればよかった」

高い空を自分の羽で、思うがままに飛べたなら、それはどんなに楽しいだろう。

ふっとオスカーが笑った。

「それは困る」

「働き手が一人減ってランフォルが一羽増えますね。諦めます」

「ああ。今日は年長組も一緒に飛ぼう。雛たちは二人に頼んで」

「やった！　そろそろ巣ごもりもおしまいですもんね。皆で飛ぶの、夢だったんです。じゃあ今日はコールサックだ。また今度ね、アルコル」

年長組と若手組で飛ぶならば、若手組の先頭はリーダーのほうがいい。名前を呼ばれ、ググルゥとコールサックが鳴いた。

「先に飛んで、山のとこで待っててくれ」

「はい。確認だけお願いします」

コールサックに鞍《くら》をのせ、跨《また》がって金具を締める。オスカーが確認し、頷《うなず》く。

「もう少し二人に任せられるようになったら、中央まで一度飛びに行こう」

「何故《なぜ》ですか？」

「そろそろ長距離の練習もしたいし、何より俺たちが道を知っておいたほうがいい。いつ、どんなときにあそこまで飛ぶことになるかわからん。あそこならだいたいのものがあるからな」

「わかりました。……人が増えると、できることが増えますね」

「ああ。ニコルが慣れたらまた若手を入れてもいいけど、やっぱり経験者が欲しいな。欲を言えば」

「何人誘ったんです？」

「セシル入れて五人。やっぱりこんな田舎には事情のある変わり者しか来ないな」

「そうですね。よっぽどの事情がある変わり者じゃないと」

目を合わせ、はっはっはと笑う。

「こんな田舎でも、もうすぐ花祭りだ。今度アデリナさんに服を見繕ってもらったらどうだ」

「出ていいんですか？」

「もちろん。夜だしな。保護者としてついてってやろう」

「やった。出店ありますか？」

「ああ。年に一回だからみんな張り切って出すよ。ただ、『マダムオデッセイの占い館』だけはやめとけ」

「何それ気になる」

夏の花フォルトナが咲く時季に花祭りは開かれる。親から、恋人から、友人から贈られたフォルトナを身に着け、人々は笑ってそのにぎやかなお祭りを楽しむ。白が親愛、赤が恋愛、黄色が友情のしるしになる。

身に着けるのがたくさんでも、たった一つでも楽しい。行き会った相手に自分の花を贈るのも楽しい。知り合いに『好き』を贈り合う、幸せなイベントだ。

「フォルトナもください。一つもないと寂しいから」

「わかった。心配しないでもきっと行き違う相手がくれるだろう。セシルは有名人だからな」

「どうしてですか？」

「よくこの辺を飛んでるだろう。セシルが今日誰に乗ってるかで賭けしてる連中もいるらしい。暇なんだよ、皆」

笑って別れ、セシルはぎゅっとコールサックの首を抱いた。

コールサックも大きくなった。もう大人とほとんど変わりない。

「今日は少し派手に行こうか」

笛を吹き、皆に意図を伝える。ニコルが見てるだろう。『ランフォルってかっこいいな』って思ってもらいたい。

コールサックを先頭に、等間隔で列を成し、わざと大きく風を切る音を立てながら、すさまじい勢いで四羽は天に駆け上る。

光が眩《まぶ》しい。気持ちいい。こういうときセシルはどうしても笑顔になってしまう。

コールサックは力強い。以前はときどき指示を聞かないことがあったけれど、最近はそれもない。

大人になったね、とその銀色の背中を撫でる。嬉しくて、ほんの少しだけ、寂しい。

山の上に降り立って待っていると、空の遠くから一団が近づいてきた。

早く一緒に飛びたいなと胸を高鳴らせながら、セシルは彼らを待つ。

リーダーであるスピカに、背の高い男性が跨っている。こうして見るとやっぱり足が長いなあと感心しながら、その優しい手つきを見つめている。

スプーンを口に運んだニコルが絶句している。

今日のお昼はセシル考案ゼフ作の、『リーソの上に辛めのシチューのようなものをかけたものに揚げたお肉をのせたやつ』だ。お肉はざくざくと切ってくれてあるし、揚げる前に筋を切って叩《たた》いてあるのでやわらかい。スプーンでも切れる。

一口食べたニコルが震えながら涙ぐんだので、大人たちは慌てた。

「……ここで働けてよかったです……」

「この反応を前にも俺は見たことがあるぞ」

「そうなっちゃうんです。ゼフさんはすごいや」

「……」

奥からゼフが出てきて、ニコルをじっと見つめている。ニコルの色褪《いろあ》せ丈の短くなったシャツ、継ぎだらけのズボン、そこから覗《のぞ》く骨っぽい手首と足首を見る。

「帰る前に毎日食堂に寄ってけ。婆《ばあ》さんがいるから、名前を言え。予算使い切ってねえし、材料余分に使ってもいいですね旦那様。大した手間じゃねえ」

「うん。……ありがとう、ゼフ」

右目の上に傷痕のある老料理人はそれだけ言ってまた奥へと消えた。

なんのことだろうと、セシルはニコルと目を合わせて首をひねった。

「……毎日、家族への土産をお持たせしてくれるってよ。こりゃあお恵みでもご慈悲でもねえぞニコル。お前にいっぱい食わせて体をでかく力持ちにして、お前の家族も腹いっぱいで、お前がなんも心配せず、骨惜しみなくここで働くようにっていう、オークランスの投資だ」

アブラハムが言う。お年寄りだが健啖《けんたん》だ。もりもり食べている。

「……」

ニコルの皿の上では、半分のところで線で印がつけてある。あそこまで食べたあと、ニコルはどうしようと思ったのだろう。

彼は背が高いけど痩せている。先日会った、彼の家族もだった。

「……」

「子どもを泣かすなよ。爺《じい》さんども」

「俺じゃなくゼフに言え。かっこつけなんだあいつは昔から」

ぽろぽろと涙を落としながらニコルは食べた。線を越えて、ひとかけらだって残さず、きれいに。

「おかわりもあるぞ」

「うん。おなかいっぱい食べないと動けないから、いっぱい食べよう」

「はい……」

袖で目を拭い、ニコルが空になった皿を持って立ち上がる。

「……おかわりください」

「聞こえねぇ。年寄りは耳が遠いんだ」

「おかわりください！」

「おう」

皿いっぱいの大盛りを持った頬の赤いニコルが席に戻るのを、皆が微笑みを隠して見守る。

「ゼフさん、おかわりください！」

「俺も」

「おう」

皆おなかいっぱいまで食べた。午後も頑張るために。

「美味《おい》しいね」

そう言って笑い合う。

午後は魔法の歌をニコルに教えてあげようと、セシルは微笑んだ。


「いつもすいません」

「いいの。楽しみなのよ」

今日もアデリナさんに、セシルは甘えてしまっている。

花祭りは民族衣装、ポルチャで出る人が多い。透ける白いレースの袖の短いシャツに、胸の下できゅっと絞った硬めの生地のワンピースを重ね、ウエストもきゅっと絞る。首まわりが広く開いているので胸の大きい子は強調されてセクシーになるが、残念ながらセシルはそうでもない。

たくさんの花が刺繍《ししゅう》されたそれを、今セシルは着ている。やっぱり『娘に着せようと思って取っておいた』アデリナさんのお古。とても細かい刺繍が入った、絶対に高いやつだ。

「今度、何かさせてください……あんまり、できることがないけど、体を動かすことなら得意です」

「その気持ちはオスカーさんに向けてあげて。私は今までオークランスから受けた恩を、ほんの少し返しているだけ。可愛い子を可愛くするのはとっても楽しいから遠慮しないで」

「……ありがとうございます」

本来オスカーが受けるべきお返しをセシルがもらっていることが申し訳ないが、久々の花祭りだ。せっかくだからセシルも目いっぱい楽しみたい。

「はいできた。やだ可愛い。食べちゃいたい」

「……」

鏡の中の自分を見る。頬がいつもより赤くなり、唇がつやつやしている。目の上が少しきらきらだ。

「髪飾りはつけないわ。オスカーさんにフォルトナをもらうのでしょう?」

「はい、くれるって言ってくれました」

「そう。いくつもつけると野暮だから、オスカーさんのだけ髪に挿して、あとは服に挿しておいたほうがいいと思うわ」

「わかりました」

アデリナさんに見送られて、屋敷に戻る道を歩く。

道の途中に背の高い人が立っていた。世界が夕焼けで真っ赤に染まっている。

「……」

オスカーがこっちに歩いてくる。セシルを見つめたままで。

無言のまま向き合った。彼の手が、白いフォルトナの花を差し出した。

親愛。それを受け取り、耳の上に挿す。小さな花がしゃらしゃらと垂れ下がっているので、そのまま髪飾りになる。何年振りかのそのしゃらしゃらという音を聞きながら、そっと手で押さえる。

「落ちちゃう」

「どれ」

オスカーの指がセシルの髪に触れる。遠くで人のにぎやかな声がするが、ここは不思議なほど静かだ。

「これでどうだ?」

「大丈夫そうです。ありがとうございます」

連れだって歩く。

「セシル」

「はい」

「似合うよ」

「ありがとうございます!」

しゃらしゃらという音を聞きながら、セシルは歩く。

夕日に照らされたそれが赤く染まり、セシルの髪で揺れている。

「……」

「……」

その顔やめろ、とオスカーは思っている。祭りの会場で会ったアランにだ。

セシルを見て、次にセシルが髪に挿した花を見て、それからオスカーを見た。なんとも残念そうな顔で。

オスカーだって思わなかったわけじゃない。『赤買っちゃおうかな？』と。ほんの一瞬だけだ。受け取らざるを得ない状況に追い込んだうえで、そんなことできるはずがない。

今日はアランの横に、おなかの大きな女性がいる。赤い髪の、しっかり者の奥さんだ。

「初めまして！　お会いしたかったです」

「私もですセシルちゃん。お噂《うわさ》はかねがね。アランの妻のヘレナです。お久しぶりオスカー。すっごい可愛い飼育員さんね」

「ああ。体調はどうだ」

「だいぶ落ち着いたわ。あと少し。頑張らなきゃ」

「頑張りすぎるなよ。アランに働かせるんだぞ」

「ええ、もちろん」

ヘレナがセシルに歩み寄り、何か話し出した。肩に腕が回ったのでなんだとそっちを見たら、アランがヒソヒソ声で言う。

「ポルチャ着てる女の子って、すっげえ首にキスしたくなんねぇ？」

「…………やめろ」

「肌真っ白。それに、思ってたより」

「よせ見るな。……あれはなんであんなに襟が広いんだろうな」

「そういう伝統だ。諦めろ我が友よ」

悪友が笑って、オスカーに黄色いフォルトナを差し出した。受け取る。

「お返しだ我が友よ」

「どうも」

『友情』の黄色。爺さんになってもこれをやっていたら面白いな、まあきっと、どっちかが死ぬまでやるんだろうな、とオスカーは思った。

ヘレナからセシルが同じものを受け取っている。ヘレナは気さくな女性だ。

黄色か白か悩んだあと、はにかみながらセシルが黄色をヘレナに渡した。なおアランもヘレナも、胸に揃いの赤いフォルトナを挿している。

あんまり混む前に移動するというアランとヘレナを、手を振って見送る。道行く人々が、それぞれの色、本数のフォルトナを体のあちこちに揺らしている。

「オスカーさん」

「ん？」

セシルに呼ばれてそちらを見た。光を反射する胸元の白い肌が目に染みるようで、慌てて焦点をずらす。

「さっきお店で買えたから。すぐ渡せばよかったのにすいません。いつも、本当にありがとうございます」

セシルが差し出した白いフォルトナを、オスカーは受け取った。『親愛』。セシルにもらうならば友情の黄色よりも、オスカーは嬉しい。

胸ポケットにそれを入れ、ぽんと叩く。

「うん。こちらこそ、いつもありがとうセシル」

ヘレナにもらったフォルトナを、セシルはポケットに入れた。髪に挿したオスカーの白は、そのまま、同じ場所で揺れている。

日が落ちて、ランプの光があちらこちらで瞬いている。

広間に出た。町中の人が集まっているんじゃないかと錯覚するくらいのにぎわいだ。

笑い声と、香ばしい香り、甘い香り、楽器の音、歌が満ちている。小さなポスケッタの町の、昔から変わらない花祭りだ。

「セシル、なんか食うか?」

「ねずみ落としをしたいです!」

「子どもか」

ベルトの上を右から左に流れるねずみのぬいぐるみをボールで落とすゲームだ。落とした数に応じて景品がもらえる。

景品と言ったってたかが知れている。子どものおもちゃばっかりだ。

きょろきょろと探して見つけ、列に並ぶ。横を見ればセシルが頰を染めて目を輝かせている。子どもかとオスカーは笑う。

「昔これで満点を出したんです。景品に大きい鳥の凧《たこ》をもらって、何度も飛ばしました」

「満点はすごい」

「はい、じいちゃんとばあちゃんも……」

「……」

「……セシルはすごいって、褒めてくれました」

「うん。すごい」

順番が来たので店主に金を渡す。知り合いだ。というか町の中なんて知り合いしかいない。

「オスカーがやるのか？」

「いいや。こちらのお嬢様だ。過去に満点を叩き出したらしい」

「それはすごい。よしペダルを速めに回そう」

「大人げないな」

親父が声をかけ、グルグルと裏方が見えないところでペダルを回す。猫の柄模様が描かれたボールを握りしめて、セシルがねずみが出るのを待っている。ちなみにひよこを落とすと減点だ。彼らはニワトリになって卵を産むし、美味《うま》いからだ。

出た。灰色のねずみ。えいとセシルがボールを投げ当たる。落ちる。

またねずみ。コントロールがいい。高さも抜群。

ねずみと見せかけた灰色のひよこ。この親父はつくづく嫌らしい性格をしている。セシルは騙《だま》されない。今度はわかりやすい黄色いひよこ、そしてねずみ。ボールが当たって落ちる。

「倍速にしろ！」

「ホント大人げねえな」

ねずみだがすごく小さい。ホントにもう。落ちる。素人が木彫りして作ったと見える多分ねずみ。何故なら藁《わら》をひっつけた髭《ひげ》があるからだ。セシルの手が止まる。

「落とさないのか？」

「はい。あれは多分ひよこです」

「どこでわかる」

「なんとなく鳥感を感じます」

「わっかんねえ」

親父が悔しげだったから、どうやら合っていたらしい。あの髭はなんだったのだろう。しっぽだろうか。

どんどん速くなる中順調に落としていたところで、セシルが小さく『あっ』と声を上げた。投げたボールが当たらなかったねずみがそのまま走り、板の裏に行った。

「あぁ……」

「手元が狂ったか?」

「はい。お花が落ちそうになって」

「……挿し方が甘かったな」

「いいえ。でも、残念」

親父、腕を組んで胸を張り、満面の笑み。いくつか並んだ景品箱を指し示して『ここからこの箱の中で一つ選んで持ってけ』と言われ、セシルは誰かの手作りだろうコップを選んだ。

「欲しかったのか?」

「はい、自分のが」

「そうか。親父」

「ん?」

オスカーは財布を出した。

「一回。よろしく。次は俺だ」

「……おいテオ、次は四倍速にしろ!」

親父が裏に叫んだ。『もう疲れましたよ～』と、誰かの声が返ってくる。

「駄賃を倍にしてやる! とにかくこげ火が出るぐらい!」

出たら怒るくせに、という誰かの声を聞きながら伸びをし、腕を回してから、オスカーは猫柄のボールを手に取りぽんぽんと感触を確かめる。

速い速い。頑張りすぎだぞ裏方のテオとやら。

だが軽い軽い。伊達《だて》に長年アランとキャッチボールや水切りをしていない。ランフォルの口を狙って肉を投げていない。目印を確認しながら高速で飛ぶランフォルの乗り手の動体視力を舐《な》めるな。おっと危ないこれはひよこだった。さっき見たからわかっている。

見たこともない速さで流れていくねずみ目掛けぽんぽんぽんとオスカーはボールを投げた。

そして。

「はい、十点」

「オスカーのバーカ」

「子どもか」

悔しそうな親父相手にオスカーは笑う。少し汗をかいた。

「ハンカチどうぞ、オスカーさん」

「ありがとう。景品はセシルが選べ」

「いいんですか？」

「ああ。投げたくなっただけだ」

「……全部の箱から選んでいいよお嬢ちゃん」

「わーい！」

熱心に、キラキラした目で箱の中を見つめ、セシルはじっくり一つずつ手に取って考えてから、石と貝のついた小さな髪飾りを選んだ。

「それでいいのか？」

「はい。一つくらいは、身を飾るものを持っててもいいと思って」

「そうか」

「爆発しろバーカ」

「大人げ」

歩いてそこを離れた。嬉しそうに手の中を見て頬を染めているセシルの横顔を、オスカーは見る。漂う甘さと香ばしさを含んだにおいに、ふっ、と昔の記憶が蘇《よみがえ》った。当時少し好きだった女の子が、欲しい人形が取れなかったと泣いているのを見て、確かにあのとき少年だったオスカーは思ったのだった。

「子どもの頃、あれで満点を出して、好きな女の子になんでも好きな景品を選ばせてやりたいと思ったな。……発想が、子どもだ」

「いえ、かっこいいです。願いは叶《かな》ったんですか？」

そう言われ、セシルを見た。

蜂蜜色の髪をランプの明かりに透かし、水色の目が無邪気にオスカーを見上げている。

その髪でしゃらしゃらとフォルトナが揺れている。オスカーが贈った白の花。

その手には髪飾り。十七歳にしては少し子どもっぽいかもしれないが、セシルが望んだ、セシルが身に着ける、『女の子らしいもの』。

望めるようになったのだ。ふわりと胸に湧いた意外なほどの喜びに、オスカーはふっと笑った。

「ああ。……叶った」

セシルが微笑む。眩しそうな顔で。

「すごい」

「わたあめあるぞ」

「食べたい！」

「串焼きいいな。あそこのはタレがいい」

「食べたい！」

「フルーツキャンディ。あのでかいのはやめとけよ。口の周りが真っ赤に、手がドロドロになるからな」

「食べたい！」

「やめとけって！」

知り合いに会い花を贈り合い、買いたいものを買い、行儀悪く歩きながら食べる。味で言ったらゼフのほうが上だろうが、この雰囲気と高揚感が調味料になって妙に美味く感じるから不思議だ。

練り歩き花を投げる一団が道を歩いていく。花まみれになるが、花祭りなのだから仕方がない。

「襟から入った！」

「わかります。くすぐったいですよね！」

首元を払いながら白い歯を零《こぼ》して笑うその顔を、オスカーは見つめた。

たくさんの人が歩いていて、こんなにもカラフルなのに、そこだけに目が行く。細い首、揺れる蜂蜜色と白、水色。全てを好ましく思っている自分を自覚する。

ひょっとしたらこれは初恋かもしれないとオスカーは思った。これまで恋人も作ったことがあるというのに、彼女らに対し、なんという失礼な話だろう。

欲しいと思う気持ちと、守りたいという気持ちが相反しながら不思議に矛盾なく胸にある。

アデリナの忠告を思い出しぐっとこらえ、片方を飲み込む。

オスカーは狼《おおかみ》にだけはならない。セシルを、裸足《はだし》で傷だらけのひとりぼっちなんかにさせない。

セシルはこれまで充分、ひとりぼっちだったのだから。

腹いっぱい食べ牧場に戻る。夜道が暗い。ランプを一つ、オスカーが持っている。

「じゃあ、風呂入って寝よう。先入れセシル」

「……オスカーさん」

「ん？」

「みんなの顔が見たいです」

「寝てるぞ」

「寝顔が見たいです」

「そうか」

若手たちの厩《うまや》に静かに進む。雛たちはスピカたちの厩で寝てもらっている。

二人して覗き込む。隣でセシルがふふっと笑った。

「どうした？」

「アルコルが可愛い」

アルコルの房は一番奥だ。当然こんな小さな光など届かない。オスカーは笑った。

「見えるわけないだろう。想像で言うんじゃない」

「……心の目です」

「そうか」

一番手前のコールサックの房が空だ。

背後で影が動いたので二人でそちらを見る。月夜を切り裂く、大きな翼の影。輝く銀色の羽毛。風に揺れ、きらきら、きらきらと光る。

「……夜、ひとりで散歩するようになったか」

「大人ですね、コールサック」

鳥目というが彼らは夜でも目が利く。動物というよりも魔物に近いのかもしれないと言われている所以《ゆえん》だ。そうなれば当然夜でも好きなところへ飛べるだろうと思われるかもしれないが、彼らの首先を操るのは人間。地面に光る目印でもない限り、夜に目の利かない人間は彼らの首を目的地に向けられない。

成獣になったランフォルは夜に交尾する。コールサックは恋の時期が来る前に、本能に惹《ひ》かれその練習を始めているのだ。

「きれいですね」

「ああ」

月光に銀毛が輝いている。美しい、立派な体格のランフォルだ。

なんとなくセシルと寄り添ってしまっていたので身を引いた。セシルがそっとコールサックに歩み寄る。

「こんばんは。気持ちよかった？　コールサック」

ググルゥと鳴き、セシルの髪を食《は》む。そこにあったオスカーのフォルトナが落ちて、苦笑いしながらオスカーはそれを拾った。腕を伸ばしてコールサックを撫でる。

「……うん。きれいだ。今年のコンクールにはコールサックで出ることになりそうだな」

「二年目で出しますか？」

「うん。おそらくコールサックは早熟だ。笛も覚えたし、言葉も理解し始めてる。専門的な訓練にも耐えうるだろう」

「……」

ぎゅっとまたセシルがコールサックに抱きついた。

「すごいねコールサック。本当に立派だよ」

ググルゥ、ググルゥ、と鳴くコールサックを抱くセシルが一粒涙を落とした。

出会いと別れがある。それが育てだ。慣れ切ることも、いつまでも慣れないこともあっていいとオスカーは思っている。

「まあまだ一月《ひとつき》はある。頑張ろうなコールサック」

ググルゥ、ググルゥの声を聞く。美しい星が輝き、美しい白銀のランフォルを照らしている。

外。草の上。

茶色、灰色、蜂蜜色の三つのもこもこもこが並んで、まん丸の目で前に立つセシルを見上げている。

それぞれの短いしっぽがふりふりふりと揺れている、何が始まるんだろうなあという、新しいものへの興味と期待が場に満ちている。

三羽の雛たちはアブラハムとニコルにすぐ馴染《なじ》んだ。生まれてからずっと彼らの周りには彼らに優しい人間しかいない。彼らは人を恐ろしいものとはまったく思わず、いつだってきらきらとした目とくちばしで純粋で素直な親愛を示してくれる。

大人カップルの雛たちが親の許《もと》を離れるのはもう少しだけ先だ。親がいる雛は一定期間までは親たちが巣にこもって育てる。そのためなのかは不明だが、早熟なランフォルは野生の卵から生まれた雛であることが多い。生まれてすぐ人に育てられた雛たちのほうが、こうして人との訓練を早く始められるからだと言われている。

親を持たず人に育てられた雛、ランフォルの親がいて彼らに育てられた雛。やがて人と一緒に生きていくことになる彼らにとってはどちらがいいのだろうと思うことがないでもない。いずれにしても、全ての雛に最大限に幸せになってほしいと、セシルは心から願っている。

セシルは右手に持った笛を雛たちに掲げる。そしてノワの後ろに立った。オスカーがレアン、ヴィガの後ろに立つ。その様子をニコルが真剣な顔で見ている。

「上昇」

言って、音のしない笛をその意味の音で吹く。セシルの左手がノワのお尻を取って持ち上げる。オスカーは右手にレアン、左手にヴィガ。

三羽ともクワワワワと鳴いて必死でぱたぱた羽を動かしている。まだ幼毛だから飛べるわけないのだけど、体が浮かぶと本能的にそうしてしまうのかもしれない。皆必死で、どこか嬉しそうなのが可愛い。

「右」

言って再び吹く。セシルもオスカーも、手に雛たちを持ったまま右にトコトコ進む。遊んでいるように見えるかもしれないが、これは立派な訓練だ。『笛の音には意味がある』。まずはそのことを、彼らには知ってもらわなくてはいけない。

「左」

左に曲がって歩く。オスカーの手の上のレアンが大喜びの大興奮でほかの二羽よりも激しく羽を動かしているのが可愛くて、その風圧に片目を閉じて苦笑いしているオスカーの表情に笑ってしまった。

「着地」

ふわりと地面に彼らの体を置く。地面についても彼らは『?』という表情でしばらく羽を動かしていたが、そうしてももう飛べないのに気付いてしまったらしく、ゼンマイが切れたように一羽ずつ動きを止めた。どこかポカンとして悲しそうなのが可哀想《かわいそう》で、やはり可愛い。セシルはしゃがみこんで順番にそのふわふわな体を撫で、それぞれぎゅっと抱いた。

「交代お願いします」

「ああ」

笛係をオスカーと交代。吹く人や動作ではなく共通の音そのものに意味があることに、やはり彼らは、気付かなくてはいけない。

オスカーの声と笛で同じ動作を繰り返した。今度はセシルの手の上で、やっぱりレアンがクワワワワと張り切って羽を動かしている。きっと空を飛ぶのが大好きな子になると、セシルは笑う。じっと見つめ、その一生懸命さに胸がじんとする。

彼らが音の意味を理解してくれるまで、セシルたちは何度だってこの訓練を繰り返す。彼らが人の音を拾おうと思ってくれるランフォルに育つために、皆が理解できるまで根気強く。これは育ての牧場の、とても大切な仕事だ。

「みんな覚えたかな？」

「まだ初日だ。あんまり期待してやるな」

「はあい」

三羽とも地面の上。オスカーが笛を吹く。その動作にピコッと顔を上げ、やがて羽をぱたぱたさせながらノワとヴィガがとと っと右に歩いた。一羽だけ左に歩いてしまったレアンが二羽にぶつかり、ころん、ころんと転がって、ころころころんと三色のお団子になった。

そこから首を上げてクアクアしているのが可愛くて可愛くて、やっぱり笑ってしまう。オスカーもニコルもだ。

この空気が愛《いと》おしくて仕方がない。こんな幸せな仕事が他にあるだろうか。

「ニコル。笛は毎日練習してるだろう。皆に向かって『左』、吹いてみろ」

「いいんですか？」

「うん。はっきりと強く、迷いなくだぞ」

「……はい」

ニコルが首から下げていた笛を手に取る。お団子からピコッと三羽に戻った雛たちがきらきらとした目でニコルを見上げる。

ニコルの頬が赤い。やがて彼は笛を唇に当て、吹いた。人には聞こえないその音に、雛たちが揃《そろ》って左に向かってとっとっとと歩いた。

じっとその様子を見ていたニコルの目がわずかに潤み、ぎゅっと閉じた唇の端がこらえきれないように上がる。オスカーがその背中をぽんと叩き、セシルは手を掲げた。ニコルの手が上がり、パンとハイタッチ。思わずそのまま肩を組む。

『通じる』って嬉しいよねとうんうん頷きながら、セシルは微笑みを抑えきれない。

ランフォルと人間は同じ言葉を持てないけれど、こうして音でつながることができる。今日雛たちとニコルは、それを知ったのだ。

交わることで何かが生まれ、変わる。どきどきして、わくわくする。その喜びを、誰かと共有できることがこんなにも嬉しい。

なんとなくそのままニコルと一緒に左右に揺れていたセシルは、ふと顔を上げた。オスカーの青い目がこちらを見ている。だが見返しても微妙に視線が合わない。その青はどこか、ここを通り越した遠くを見ているようだった。

十三歳のニコル。それよりも少し背が低いセシル。雛たちを背景に似たような作業服で肩を組む自分たちの姿を通して、オスカーが遠くに見るもの。

聞いていい話ではないと思ったので、セシルは何も言わなかった。人には踏み込まれたくない場所があることをセシルは知っている。中から、入っていいよと言われて扉を開けられないうちは、その場所がそこあるのを見ないふりするのが一番の親切だ。

「訓練、続けますか？　オスカーさん」

はっとオスカーの目がセシルに戻った。夢から醒《さ》めたばかりの男の子みたいな顔が、瞬時にいつものオスカーの顔に切り替わる。

「今日はここまでにしておこう。これから毎日続けて、徐々にスピード上げていくからニコルも笛の練習頑張れ。聞こえないから、意外と自分でもわかんなくなってくるぞ」

「頑張ります。間違えたら皆が困りますから」

「うん。頼む」

優しく笑うオスカーはいつものオスカーだった。だからセシルはやっぱり、何も言わなかった。

オスカーは眼下を見る。

午後の光が、整然と並ぶ白い石を浮かび上がらせている。

ふぁさりとスピカの銀色の羽がその景色を一瞬隠した。少しの間一人で待っていてもらわなきゃいけないので、オスカーは二歳で気性の穏やかなこのランフォルを牧場からいっとき私用のために借りている。

明日の午後少し抜けて用事を済ませたいとセシルたちに言えば、はい、いってらっしゃいオスカーさんと何事もないように請け負われたので、昨日のオスカーは正直やや拍子抜けした。これはこんなに簡単なことだっただろうかと。

自分が離れては牧場が回らなくなると、自分はどこかで思い込んでいたのだと苦笑する。今オークランスの牧場にはセシルも、経験豊富なアブラハムも、経験は浅くとも若くて体力のあるニコルもいるのだ。ほんの少しの間オスカーが抜けることなんか、たいしたことじゃなかった。

右手に花束を持ち、白い石の間を歩む。一番奥に近い景色のいい場所に、それは昔からずっとある。

その墓石の前に立ち、オスカーは膝を折った。

「……こんなすぐの距離なのに、なかなか来なくて悪かった、と思ってはいるから、勘弁してくれよ」

ずらりと石に彫られた名前を上から順に見て、一番下の真新しい三つを指でなぞる。

バジル、ルイス、アルノー、ここに眠る。

何度見ても両親と兄の名前がここにあるのが信じられないような気がする。屋敷に戻れば食堂に従業員たちの笑い声が響き、母がひとりひとりに声をかけながら汚れものを受け取り、料理を運び、泥だらけの父と兄が汗を拭いながら帰ってくるような気がする。

いつだって誰かの笑い声とランフォルの話で溢《あふ》れている、騒がしくて忙しい家だった。

「そういえばしばらく来てないって、昨日気付いた。懐かしいことを思い出して。雛の訓練は、俺と兄貴の仕事だったたな」

どんなに見つめても、石の上の名は消えることなくそこにある。

「……相変わらず俺は元気だ。こないだ報告に来たときより、雛と、従業員が増えた。皆健康で、真面目で、明るい、いいやつらだよ。アブラハムも戻って、相変わらず毒舌ばっかりだ」

白い石は何も答えない。取り出した布で、力を込めてそれを磨く。

「去年の雛たちも随分大きくなって、立派な若手に育ってる。素直で優しい、いいランフォルに育ったよ」

ピカピカに磨き上げ、最後に花を供えた。母が好きだった花だ。父も兄も、母が喜べば文句など言わないだろう。

胸に手を当て頭を下げる。

「これからも少しずつ人を、ランフォルを増やす。ようやく見込みができて、これから前に進むところだ。オークランス牧場をポスケッタからなくしたりしない。どうか俺を信じて、応援してくれ」

顔を上げ、周囲を見回してから、オスカーは身をかがめた。

「……ここからは兄貴だけ聞いてくれ。……大切にしたいと思う人ができた。俺の片思いだけどな。遠くからでいいから、応援しててくれ。母さんにはまだ言うなよ。気が早いの知ってるだろ」

ひそひそとした小声。おっ、という顔をした兄の顔が見えるようだった。

彫られた名を見つめるオスカーの胸に、じわじわと血が染み出すように悲しみが広がる。

無理をするとすぐに熱を出す体質の兄だった。跡取りであるはずの兄がやるべきことを、一歳しか違わない次男のオスカーが代わってやることも多かった。兄が牧場を継ぐと正式に決まったとき、オスカーは、自分だけはここにいてはいけないと思った。

兄よりも伸びた背、風邪一つ引かない丈夫な体。同じ親から生まれたはずなのにオスカーだけが持つそれらのものが、兄にとっては目に映したくないたぐいのものであることを、オスカーは真っ赤な顔と目で自分を見送る兄を見て理解していた。

それでも兄は言った。軍の試験に受かり旅立つ日。オスカーの肩をぐっと抱き、涙声で。

『ごめんな、オスカー』

兄は背負いすぎたのだと思う。自分がオスカーから奪ったと思っていたから。

そんなことなかった。もともとそれは全て兄のものだった。兄自身の努力ではどうすることもできないものが時折オスカーに夢を見せただけで、牧場は兄のものだと、オスカーはちゃんとわかっていた。

奪うつもりも、蹴落とすつもりも一切なかったと、兄がわかってくれていたら嬉しいと思う。

果物を割れば傷みのない甘いほうを。肉を切れば筋のない大きいほうを。いつもなんでもいいほうを、黙ってオスカーに譲ろうとする兄だった。にぎやかなオークランスにあっては少し無口で、真面目で堅物な、しんどくても弱音の一つも吐かない努力家な兄をオスカーは尊敬していたし、その静かな優しさが心から好きだった。

あの日兄が夜を飛んだのは、自分の存在のせいもあったかもしれないと密《ひそ》かにオスカーは思っている。自分が継いだのだから、弟を追い出したのだから自分が今頑張らなくてはと、あのとき兄は、少しも思ってはいなかっただろうか。

もっと兄と話したかった。酒でも酌み交わしながら、思い出話なんかして腹を割って互いの本音を打ち明け合いたかった。そんななんでもないことは、もう絶対にできない。ここに兄の名が刻まれてしまったから。

ここに来るとこうなるとわかっていたから足が向かなかった。溢れた涙を拭い、オスカーは顔を上げる。

「今度中央まで、新しく入ったやつと飛んでくる。オークランスの大事な従業員だ。守ってくれ」

大の男、オークランスの牧場主が墓の前にしゃがみこんで泣いている。こんなところを誰かに見られたらたまらない。立ち上がってもう一度胸に手を当て頭を下げ、オスカーは踵《きびす》を返してスピカのもとに戻った。

少しの泣き跡も残すまいと目元を強くこすってから笛を吹き、空に舞い上がる。飛びながら、何故か無性に、今屋敷がからっぽな気がして胸がざわざわする。

牧場に降り立ちスピカの体を確認し、早足で厩に向かう。きっと掃除している頃だろう。ランフォル、ランフォル、ランフォル。人の姿が、オークランスの牧場に見当たらない。

独り言が多くなったなあと笑ったのはつい数月前《すうつきまえ》だ。夜寝台に入っても眠れず、気が付いたら涙が頬を伝っていたこともあった。情けないなと自分を笑ったものだった。

扉の向こうから子ども時代の兄が笑いながら顔を出すような気がした。いつもの椅子で父が茶を飲んでいて、母が廊下を掃いているような気がした。どんなにオスカーにそんな気がしたって、そんなものは屋敷のどこにも現れなかった。

『……ル』

足を止めた厩の木の扉の向こうから、明るい声が聞こえる。

扉に手をかけ押す。ぎいと音が立ったので、あとで油を差しておこうと頭のどこかで考える。

目に痛いような午後の明るい光の中に黄金色の藁が舞っている。そこに蜂蜜色と灰色が光を反射しながら揺れている。

「マルペコ牧場のペコさんが、鳩《はと》にお豆を食べられて、リスにきのこをかじられた。ワッチマルマル、ワッチマルマル」

藁の放つ、嗅ぎ慣れた膨らみのある懐かしいような香り。重なる女の子と少年の高い歌声。

風の流れが変わったことに気付いたのだろう。顔を上げたセシルがオスカーを認め、髪を揺らしながら光の中で笑った。

「おかえりなさいオスカーさん。早かったですね。まだ九周目の八番です」

「おかえりなさい」

二人とも顎からぽたぽた垂れ落ちるくらい汗だくだ。清潔な藁が二人の足元に丁寧にならして敷かれている。

「見てください過去最速！　今日はきっかり半分ずつやったんですよ」

セシルが手を広げる。ニコルを褒めて褒めてといううきうきした顔で笑い、白い歯が零れる。

「……」

似たような顔でこちらを見ているニコルにオスカーは歩み寄り、ガッと抱きついた。

「ええっ!?」

「感動ですか？　可愛い弟子の成長への感動ですかオスカーさん！」

「……」

「絶対なんか違う！」

腕の中で声を上げる子どもの髪を乱暴に撫でてからオスカーは身を離した。

「よし。仕上げしよう。抜けて悪かったな」

「いつでもどうぞ。用は済みましたか？」

「……ああ」

ひさびさに派手に泣いてきた。弱音も吐いたし、新たな決意表明も。あそこに彫られた名に、オスカーは本当はこれまで、ちゃんと向き合っていなかったような気がする。

「済んだよ。ありがとう」

もう家族は誰もここにはいない。そのことにオスカーはきっと、一度正面から向き合わなくてはいけなかった。自分の中にある悲しみと未練を認め、どんなに痛くとも事実を受け入れなくてはいけなかった。今ここにあるものをしっかりと見て、この先に進むために。

「今日はマル婆がこんなでかい肉仕入れてたぞ。久々に丸焼きかもな」

「やったぁ！　あれ大好きです！」

「食べたことありません」

「そうかニコルは初めてか。夜はたっぷりのソースをかけて芋と。朝はあれを今度はゼフがピリ辛のソースをつけてパンに挟んでくれる。うまいぞ」

「……」

「ニコル、よだれ」

「すいません。……でも、セシルさんもです」

「……」

セシルとニコルが慌てて自分の口元を拭う。オスカーは笑う。

藁のベッドが完成したので、さっきからオスカーを見上げているセシルと目を合わせ、頷く。

ぱっとその顔がさらに明るくなる。

「確認！」

そう言ってぼすんと背中から藁に埋まったセシルの横に、オスカーも倒れる。

「うん。いい具合だ。いい仕事したなセシル。ニコル」

「ニコルも。これは確認です」

「……」

遠慮がちにニコルが背中から埋まり、『あー……』と言った。オスカーとセシルは笑う。

目を閉じる。体を包む香ばしい太陽のような香り。丁寧に一生懸命準備するほど自分たちのにおいがこれに移り、それは安心のにおいだとランフォルたちに伝える。

見えないところでの地道な一生懸命の積み重ねが、彼らを人とともに生きるランフォルにしていくと、オスカーは信じて疑っていない。それは父に教えられたことであり、兄とともに子どものときから大切に守ってきたことだ。オスカーに残る、真面目一辺倒のオークランスの古い教え。

「次は雛たちの厩か。仕事が増えて、忙しいな」

「はい。いいんです。ごはんが余計に美味しくなります」

「そうだな」

「はい」

しばし沈黙のまま休み、オスカーは起き上がった。

「よし、行こう」

「はい！」

ニコルとセシルも勢いよく立ち上がる。いい天気だ。見上げれば薄茶のペスカとこげ茶のリゲルカップルが仲良く空を飛んでいる。

外からクアクアクアクアクアクアと声が聞こえた。

「しまった。見つかった」

「さっきまでみんなで遊んでたのに、寂しくなっちゃいましたかね」

扉を開ければ雛たちが我先にと走り込んできた。その体を厩に入らないようぐいぐい押し出してから、三人は走り出した。クアクアクアクアクアクアが追いかけてくる。

「一番後ろだとつつかれるぞ」

「絶対俺じゃないですか！」

「愛情表現だ。ありがたく受け止めろニコル」

ニコルも足が速いが残念、オスカーとセシルには一日之長《いちじつのちょう》がある。まだまだ新入りに負けるわけにはいかない。

「わー」

「やられたか」

「いいなあ」

三人分のフォークを担ぎオスカーは走る。

人の声のするにぎやかなオークランスの牧場の長い道を、成長した長い足で軽やかに。

五章 ◆ 再始動

セシルは飛んでいる。

アルコルの背中の上だ。オスカーはコールサックの上。女性陣の長距離の練習はもう少し先にしようとオスカーが判断した。

目の下を走っていく景色を見る。ここは煉瓦《れんが》造《づく》りの家が多い。カラフルで素敵だ。

赤い屋根の背の高い建物はなんだろう。降りてみたい気もするが、今回はなるべく最短距離で、寄り道しないで家に帰らないといけない。

『どっかで泊まってきたらどうだ』と出かけ際アブラハムに言われたが、オスカーにそのつもりはないようだった。

ぐんぐんと景色が後ろに流れていく。馬車で行けば十日以上かかる距離を、ランフォルは日帰りに変えてしまう。だからこそ彼らは人に求められ、育てられ、大切にされる。

オスカーが手を上げて合図をした。休憩するのだろう。セシルも手を上げて応え、コールサックの後ろにアルコルをつけた。

旋回しながら山の上の岩場に降り立つ。じっくりとアルコルの羽、脚を確認してから、セシルは立ち上がりオスカーに歩み寄った。

「休憩ですか？」

「ああ。そろそろ疲れてくる頃だ。俺たちもな」

「はい。おなかすきました」

ぐうとちょうどおなかが鳴ったので、ほらねとセシルはオスカーを見た。

「相変わらず有能な腹だな」

オスカーが笑う。太陽を背負っているから眩《まぶ》しい。笑いながらセシルは目を細めた。

「火を熾《おこ》そう。日差しが強いから洞窟に入るか。広いからみんな入れる」

「はい」

コールサック、アルコルを一通りなでなでし、洞窟に向かう。ひんやりしていて涼しい。

二羽も気持ちがいいらしい。岩肌に体を預け、オスカーが出したごはんを食べている。

セシルはよさそうなくぼみを見つけた。石を積み、乾いた燃えやすい細い葉に火をつけ、ふうふうと吹きながら葉を足していく。さらに火が大きくなったら細い枝、もう少し太い枝を足す。

ぱちぱち上がる安定した炎を確認し、オスカーに声をかける。

「オスカーさん、つきました」

「よし。パンを軽く焼いて、これを挟もう」

「ゼフ爺《じい》印の燻製肉《くんせいにく》!」

「御名答」

石を組み網を渡し、その上に肉。じゅうといういい音、美味《おい》しいにおいが満ちる。

「で、はじっこにパン、鍋に卵、と。水汲《く》んで来るから見ててくれセシル」

「一人で大丈夫ですか」

「いるのは鳥くらいだ。ランフォルのにおいもあるし、大丈夫だろう」

「はあい」

セシルの目は肉に引き寄せられている。必要もないだろうに何度も何度もひっくり返していると
オスカーが帰って来た。

「セシル、なんか焦げ臭いぞ」

「肉はこの通り最高にじゅうじゅうのじゅうですが」

「……パンだ」

「あっ」

肉に集中しすぎて忘れていた存在に気付き端のほうのパンを見た。片方はセーフ、片方はやや不健康な色まで焼けてしまっている。セシルは眉を下げた。

「……オスカーさんのパンが焦げた……」

「いつから俺のだ！」

「オスカーさんのパンが……」

「くそっ」

オスカーがパンを素手で救出し、あちあちしてからじっと見る。

「まあ、これくらいなら大丈夫だろ。肉もそろそろいいだろう。満を持して挟むぞセシル」

「はいボス」

「従順な従業員がいて幸せだな」

「イエッサ」

急によき従業員になったセシルの前でオスカーがパンにナイフで切り込みを入れ、バターを落とした。じわじわと溶けるその様子と、においがたまらない。

「見すぎだ。ドーナツになるぞ。ほら。セシルのパン」

「ありがたき幸せ」

恭しくほどよい色のパンを受け取り、よだれを零《こぼ》しそうになりながらそこにじゅわじゅわ脂を零す燻製肉を置き、その上にちょうどよくなった目玉焼き。そして片割れのパンで蓋。

目を合わせ、揃《そろ》って食前のお祈り。

そして大きな口で、ざくり。

「……!」

「……」

脂ほとばしってやわらかくなったゼフ爺特製燻製肉に固めに焼いた目玉焼き。香ばしいパンとバターの合体。美味《うま》くないわけがない。これが美味くないわけがないだろう。朝からずっと飛びっぱなしの疲れた体に、この最高にしょっぱい、脂ぎった、栄養満点の焼きたてのものが美味しくないはずがない。ブルブルッとセシルは震えた。

「抱きついて喜びのダンスをしたい気分です」

「ああ、いつでも来い」

「ゼフさんにです」

「そうか」

そのまま口の中のものに集中し、無言になって二人はあっという間にそれを食べ終えた。幸せに膨れたおなかをセシルは撫《な》でる。

「美味しかったぁ……」

「うん。美味かったな。さて、俺たちも休むぞ。布敷くから手伝ってくれ」

「はい」

「あれ、一枚しかないな。二枚入れたはずなのに」

「逃げましたかね。大きいから一枚で大丈夫ですよ」

「……」

布を広げ、枕代わりに着替え袋をぽんぽんと二個布の上に置き、オスカーとセシルが端と端に体を横たえる。布の下の平らな岩がひんやりして、気持ちいい。上着も脱いで、畳んで置いておく。

オスカーが紙のこよりで下げたコインを金属の皿の上にぶら下げ、根元同士で交差するように虫よけの香を立てた。時間が来たら紙が燃え切れ、コインが落ちるから音が出る。目覚ましだ。

「だいたい鐘一個分。長距離はちゃんと休憩するのも仕事だ」

「はい」

「よく寝ろよ」

「その点は一切問題ありませんボス」

「そうだった」

少し離れたところで横になっているオスカーが、セシルを見てふっと笑った。

長くて逞《たくま》しい手足。きれいな青い目。日焼けした顔は精悍《せいかん》で、でも笑うとうっすら笑いじわが浮く。最近また髪が伸びたセシルの上司。手を伸ばせば触れられそうなくらいの距離。

アルコルとコールサックも寝ているのだろう。どこかで水滴が落ちる音がするくらい静かだ。ひんやりとして、穏やかで、おなかが満ちていて、とっても幸せだ。

なんだかこのままずっとここにいたいとセシルは思った。ここは静かで、優しい。セシルの好きなものしかない。

そう思いながら目をつぶった瞬間、セシルの意識は途切れた。


「……名人芸」

その瞬間を眺めていたオスカーが、ぽつんと呟《つぶや》く。

あっという間に響き出した、静かな寝息。

長いまつ毛がなめらかで白い頬に影を作り、わずかに開いた唇が呼吸のたびにすうすうとほんの少しだけ動く。

前髪が流れて丸い額が丸出し。子どもみたいな寝顔だ、とオスカーは笑う。

「……安心した顔しやがって」

頭でもぐりぐりしてやろうかと思いかけ、踏みとどまる。こんな距離、触れたら何が起きるかわからない。

　じっとその顔を見る。やっぱり子どもの顔だ。

　セシルは安心している。安心しきっている。オスカーと、ランフォルたちしかいないこの空間で。

　男としては大変いかがなものかと思うが、上司としては及第点だろう。

　本音を言えばそのやわらかそうな頬に触れてみたい。だがセシルがやっと手に入れたその安心というものを、オスカーはセシルから絶対に奪いたくない。

「休憩するのも仕事」

　目を閉じ反対方向を向く。しばらく経《た》って、うん、寝られそうだなと思ったとき。

「……アルコル」

　そう言った何者かに後ろから抱きつかれ、背中に額を擦《こす》りつけられた。体を撫でられた。

「……いいこ」

「……」

　ゴロゴロゴロゴロと勢いよく回り、オスカーは岩肌を転がった。ボスンとアルコルにぶつかり薄目で見られるも、オスカーを確認して彼は目を閉じた。

「アルコル……ここで寝かせてくれ。ほんの、ほんのちょこ～っとは多分、お前のせいだからな」

「……」

　いいよともいやだよとも言わないアルコルを枕に、オスカーは目を閉じた。

「……休憩するのも仕事」

自分に言い聞かせ、必死で眠ろうと、オスカーは頑張っている。

「オスカーさんだけずるい」

セシルはふくれている。コインの音に起きたら、オスカーがアルコルにくっついて寝ていたからだ。

セシルだってくっついて寝たかった。いっぱい飛んでアルコルが疲れてるだろうと思って遠慮したのに。オスカーさんだけずるい。

「あぁ……なんか寝てるうちにあそこまで転がってた」

「意外とすごいですねオスカーさんの寝相。いいなぁ」

まだちょっとコールサックが眠そうに水を飲んでいるのを待つ間、二人は荷物を全て片づけ、時間つぶしに座って交互に石を積み上げている。倒したほうの負けだ。

お互い結構粘って、セシルの目の高さまで積み上がっている。

「ここで登場、ボコボコした小さい石！」

「子どもか。そういうやつは次の自分の番で痛い目見るんだ」

「やめときます」

「いい子だな」

「そうでしょう」

そんなことを言い合っているところに、コールサックが歩いてきた。ぱっと羽を開いた風圧で、石の塔はがらがらと倒れた。オスカーとセシルは目を合わせる。

「……今どっちの番だった……？」

「秘蔵のつるつる石をのせて指を離したところだったので、オスカーさんの番です」

「また俺！」

言いながら立ち上がり、表に出る。

「行くか」

「はい」

そしてしばらくまた空の上だ。体を伸ばせる今のうちにと、セシルは大きく伸びをした。


大きな街の上を旋回している。

高い石の塔、大きな建物とその前の広場。そして、王宮。

王宮の屋上にはランフォルが降りるための印がついていた。あの丸のど真ん中を狙って降りてみたいなあと、あのマークを見るとわくわくする。

街はお店がいっぱい。人もいっぱい。間違ってもあの中に降りたりしちゃいけない。怪我人が出てしまう。

オスカーが右手を上げたので手で応じ、後ろについた。街の真ん中から少し離れた水辺の、白い石造りの立派な建物の前に降り立つ。

アルコルの体を確認。抱きついて、なでなで。何度だって髪をハムハムしてくれる。

「ここは？」

「中央薬師所。まあ、国で一番えらい薬屋だ。場所を覚えといてくれ」

「……」

「俺たちのどっちかが緊急で飛ぶことになるのは、おそらくここか、治療院目指してだと思う。そっちはこのあと回るぞ」

「はい」

じっと白い建物を見るオスカーの茶の髪を風が揺らした。

「……兄貴はあの日、ここを目指した。たどり着かなかったけどな。あれの薬、扱いの難しい薬で作ってから効果が一週間も持たないらしい。ポスケッタに置いとけないんだ」

「自分たちで作れないんですか？」

「成分を搾り出すのに専門の技術と器具がいるらしい。要請だけはずっと送ってるけど、一向に回答がないそうだ。……いつだって、小さいところは最後まで後回しだ」

「……」

そうやって建物を眺めていたら、がらがらと音を立ててオスカーとセシルの前を立派な馬車が通り過ぎた。建物の前で止まり、中から白い服を着たお爺さんが出てくる。痩せていて目が鋭くて髭《ひげ》が長くて、なんとなくえらい感じの雰囲気だ。

「お帰りなさい所長！　すいませんすぐに応接室に来てもらえますか」

「なんだ」

「ジャルベールの使者が……」

「また飽きもせず毛生え薬の催促か。黙って禿《は》げとれ忌々しい！……いつも通り歯の浮く世辞と専門用語で適当にあしらっておけ。それより最新の素材の在庫表を頼む。また上から無理なご命令が……」

建物のほうからボカーンと何かの爆発音がした。職員らしい白衣の男の人と、所長と呼ばれたお爺さんが手のひらで額を押さえる。

「まったく、……どいつも、こいつも……」

「……赤蛇、粉にしてきましょうか？」

「いらん。今日の分はもう飲んだ」

紙を持って走ってきた別の人からそれを受け取り、お爺さんがあれこれと忙しそうに指示を出しながら建物の中に入って行った。なんだかどこも大変なんだなあ、とセシルは思った。

オスカーを見て、もう一度その視線の先、白い建物を見る。

いつか。オスカーかセシルがここを目指して緊急で飛ぶ日。そんな日が来ないことを祈りながら、セシルは白い建物を見るオスカーの横顔を、そっと見ていた。


その日のうちに家に飛び帰れば、屋敷はちょうど夕飯の時間だった。食堂の扉を開けたオスカーに、中からの視線が一気に集中した。

「……おかえりなさい」

ニコルがスプーンを持ったまま、なんだか残念そうな顔で言った。アブラハムがやれやれと言わんばかりに首を振っている。

「何普通に帰ってきちゃってんだよ、オスカーさん」

何故《なぜ》かピオが、ニコルの横に座って当然のように飯を食っている。

「なんで食ってんだ？　ピオ」

「食ってけって言われて食ってかない俺だと思う？」

「ああ、思わないよ。ゆっくり食ってってくれ」

遠慮なくもりもり食べているピオの様子に、オスカーはセシルと顔を見合わせて笑う。やり切った爽快感とは真逆に、体が鉛のように重いのはセシルも一緒だろう。

ずっと正面から風を浴び続け、首紐《くびひも》を握り続け、体重移動を繰り返した。飛んでるうちは気付かないが、降りてしまえば腕も脚も重く、肩も首もがちがちだ。

旅の汚れを落とし体をほぐしてから食事にしたいところだが、それはセシルも一緒だろう。

「風呂先入れ、セシル」

「いち従業員が、お疲れのボスを差しおいてですか？」

「ああ。優しいお疲れのボスが譲ってやる」

「広いんだし一緒に入れば？」

言ったピオを見てから振り向き、きょとんとセシルがオスカーを見上げた。

「そうします？」

「自分を大事にしなさい」

「冗談です」

笑うと白い歯が零れる。ふわりと髪が揺れる。

「じゃあ優しいお疲れのボスに感謝しながらお先に入ってきます。ちなみに今日は、いつも以上に長湯ですよ」

「ああ。ゆっくり入ってほぐしてこい」

笑顔で消えたセシルの背中を見送り、オスカーもテーブルにつく。

「首尾はどうでした」

マル婆《ばあ》が持ってきてくれた湯気の出る布で顔や首を拭き、さっぱりした気分で顔を上げると、アブラハムに尋ねられた。オスカーは笑う。

「予想以上だった。ひょっとしたらうちの牧場はすごいかもしれない。コールサックも、アルコルも、少しも戸惑わずに、中だるみもなく最後まで調子を落とさず飛んでくれた。少しでも疲れが見えたら休もうって、それこそ泊まりも覚悟してたけどまったくの杞憂《きゆう》だったな。初めての長距離をここまで飛べるなんてと実は結構驚いてる」

「覚悟じゃなくて期待だろ」

言ったピオの頭を、オスカーは両手で挟んで軽くグリグリした。けらけら笑っている。

「乗り手がいいからな」

言ったアブラハムに、オスカーは同意して頷《うなず》いた。

「ああ。セシルはすごい。俺は今まで、セシルのことを過小評価してた」

ランフォルが大好きで仲良しな、意外と力のある元気で明るい飼育員。日誌を毎日真っ黒にし、汚れ仕事もいとわずに一生懸命やってくれる真面目で優秀な従業員。そう思っていた。

「正直言って驚いた。あそこまでランフォルを疲れさせずに飛べる乗り手はそうはいない。軍にだっていなかったかもしれない」

「乗る人で、ランフォルの疲れが変わるんですか？」

おずおずと聞いてきたニコルに、オスカーとアブラハムが頷く。

「きょうだいがいるならわかるだろ？　抱っことかおんぶをするとき、される側が暴れたりせずにぎゅっと上手にしがみついてくれると、支える側の負担はずっと軽くなる」

ああ、とニコルは頷いた。いい兄ちゃんだなニコル、とオスカーは笑う。

「あれの延長みたいなもんだ。指示を出すタイミング、体に身を寄せたり離したりするときの力加減、旋回するときの体重移動。もちろん体が軽くてやわらかいのもあるけど、そういうもの全体のバランスというか、ランフォルのやりたいことや気持ちを汲《く》んで、息を合わせるのが抜群に上手《うま》い。この上手さってのは短距離じゃそんなに大きな違いは感じさせなくても、長距離だと乗れば乗るほど差が開いてくる。アルコルはずっと、本当に気持ちよさそうだったよ」

「へえ……」

「一朝一夕で身につくもんじゃない。元から持ってるもんも違う。最初からあまり欲張るなよ、ニコル」

「……はい」

まだランフォルに乗ったことのないニコルが、スプーンを握ったままアブラハムのほうを見て、頬を染めて頷いた。

しっかり、憧れてくれるんだなぁと、オスカーはひそかに嬉《うれ》しくなる。

卓に皿が並ぶ。ひき肉を四角くして中にゆで卵を入れて焼いたのを切ったやつ。断面で卵の目玉がこっちを見ていて、その隣にはカラフルな焼き野菜。そこにかかった少し甘口の赤いたっぷりのソース。元気のいい色の皿と、いつものホッとする味のスープ。

たった一日離れていただけなのになんだか懐かしいような気になって、オスカーはそれらをゆっくりと味わって食べた。ピオがいる分、いつもより食卓はにぎやかだ。

「すいません今上がりました。いいにおい！　おなかペコペコです」

言いながら現れたセシルの髪はまだ濡《ぬ》れていた。温泉効果《テルメル》で普段白い肌が桃色に上気して、ピカピカ光っている。ぽろりと雫《しずく》が髪から鎖骨に落ちた。待てその寝間着、初めて見た気がするけどちょっと首まわりが開きすぎじゃないか。全体的になんか生地が薄すぎやしないか。

「……」

「……」

ニコルが俯《うつむ》き、ピオが額を押さえて天を見上げている。アブラハムに足を蹴られた。俺のせいじゃないぞと思う。

「どこに座ろう」

「オスカーさんの横にしなよ」

「わかった」

ピオの言葉に素直に従ったセシルが椅子を引いて隣に座った。なんか甘くていいにおいがする気がする。そういえばこないだアデリナさんが、何か瓶に入ったものをセシルに『おすそわけ』していた気がする。気がする気がする。

セシルの目がオスカーを見た。吸い込まれそうな水色。今日ずっと見続けた、空の色だ。

「先にいただいちゃってすいません。一生懸命あっためておきましたのでオスカーさんもどうぞ」

「そりゃどうも。じゃ、俺も入ってこよう。あったためられてあったかいうちに」

「飲むなよオスカーさん」

「何をだよ」

笑いながら立ち上がり、オスカーは食堂を出た。


「どうだった、セシル」

オスカーの背中を見送ったあとアブラハムに聞かれ、セシルは考えた。思い出すだけで胸がわくわくし、顔が勝手に笑ってしまう。

「なんかいいことあったのか？」

ピオが嬉しそうに身を乗り出した。

「うん、いっぱい。みんなすごく、すごかったよ」

「何が？」

「前からわかってたけど、長距離を飛んで改めて思った。コールサックは状況を把握するのがとっても上手。ちゃんと笛の指示に従ってるのに、風を読みながら一番いい位置取りを自分で考えてできる子。リーダーになるだけあって視野がとにかく広い。きっと弱ってる子が群れにいたら、前に出て風を自分が受けて守ったりもできる子だと思う」

「……」

「アルコルはやっぱり、すごく優しい。背中にずっと気持ちを向けてくれてるのがわかる。強い風からさりげなく乗り手を守って、意識をいつも笛の指示に傾けてくれてる。周りと競ったり、自分の好きに飛ぼうとしたり、何かに気持ちを持ってかれたりしないで、集中を切らさずにいつも正確に指示に従ってくれる。優しくて真面目な仕事人、アルコル！」

「……他は？」

胸が高鳴りついにこにこしてしまうセシルを、皆がじーっと見ている。

「ほか？」

「…………例えばほら、オスカーさんとか」

「ああ」

セシルは笑った。

「もちろんすごい。オスカーさんは、頭の中にすっごい正確な地図と、磁石があるんだよ」

「へえ」

セシルは思う。自分だってけして不得意ではないつもりだったけど、あれには敵《かな》わないと。

ずっと先の見えない目的地にピンを立てて、それと現在の自分たちの位置が見えているようにオスカーは進んだ。

おそらくオスカーの地図の中に引かれたうちの線の一本を正確になぞり、何かあれば迷わずに別の線を選択し瞬時に切り替え、常にランフォルたちの体の負担が最小限になる道を選んで飛んでいた。

セシルだって考えているつもりだけど、どうしても地図上の最短距離のルートを進みがちだ。細かいことを考えなければそれでいいのだろうが、ランフォルのためにも、乗り手のためにも、飼育員、乗り手とはかくあるべきなのだと、セシルはオスカーの背中と横顔を見ながら思っていた。

今回オスカーが選んだのは、風の流れが不規則な渓谷を避ける若干の迂回《うかい》を含むものだった。あとで地図を引いてみようと思うが、きっとそれは、ここから中央に何度も何度も飛んでオスカーが導いた、ポスケッタと中央を結ぶルートの最適解なのだろう。

何度も考え、何度も試したのだろう。オスカーの背中には一切の迷いもなかった。

「かっこよかった……」

「！」

「！」

ピオとニコルがパンと手を打ち合わせた。なんだろう。仲良しになったんだなあと、セシルは嬉しくなる。

「いつか、あんなふうになりたいな」

「えっ？」

「あれっ？」

食事が到着したのでほくほくしながらフォークを取る。何度か食べたことのあるお肉の料理。きっとまだ『懐かしい』なんて言える立場じゃないのに、なんだか泣きそうなくらい懐かしい。

美味しい、美味しいと食べるセシルの前で、ピオとニコルが変な顔で首をひねっている。


夜。

とんとんとノックの音がしたのでオスカーは立ち上がった。

「はい」

「セシルです」

「まだ起きてたか。どうした」

扉を開けると、巻いた紙を手にしたセシルが月の光に浮かびながら立っている。

「……」

髪がそれを反射し、いつもよりも白くやわらかく光る。でもセシルにはやっぱり太陽のほうが似合うな、と、なんとなく思った。

「少しご質問が」

「そうか。じゃ、窓辺の椅子で涼みながら聞こう」

「はい」

かつて自分で決めた『部屋には入れない』のルールを遵守しながら、以前セシルとともに星を見上げた椅子に腰を下ろし、オスカーはセシルを見る。

「どうした」

「ここです」

広げた地図に、今日飛んだルートの線が引かれている。

正直言ってオスカーは驚いた。それが本当に正確で、何一つも違わなかったからだ。

基本ランフォル乗りに方向音痴と弱視はいない。優れた空間への感覚と遠くまでよく見える目がなければ、あの速さで飛ぶ大きな生き物を目的地まで正しく導くことなどできないからだ。もちろん記憶力も必要。丈夫な体と、日々細やかにランフォルたちに目を配り世話する根気強さもだ。

なんか思ってたよりいるものが多いなと思いつつ、セシルを見る。そして答えを待つ一生懸命な顔を見て思う。一番大事なのはやっぱり、ランフォルを好きなことだと。

セシルの指は一か所、渓谷のところ以外で少し遠回りをしているところを指している。渓谷は『風の谷』とも呼ばれてるくらいの場所だから、避けた意味がわかったのだろう。その先のなんてことのない小さい沼を迂回する意味がわからず、聞きに来たのだ。きっとどうしてだろうと考えに考え、気になってそのままじゃ眠れなくてここに来た。

「ここは底なし沼だって言われてるところだ。しかも変な生き物がいて、上を通るやつに泥水を吹きかけて落として沼に引きずり込む、という伝説がある」

「伝説……」

ふっ、とオスカーは笑った。

「経験者もいるぞ。うちの親父だ。真上を飛んでるときにビューッと下から泥をかけられて、驚いた拍子にかなりガタの来てたベルトが緩んで、あと少しで沼に落っこちるところだったって。泥の中から何かに引っ張られた気がしたそうだ。『あそこだけは通るな』って、何度も何度も口酸っぱく兄と俺に言うもんだから、オークランス家の人間はつい、ここを避ける癖がある」

『オークランス家の人間』はもうオスカーしかいないことを、オスカーは口に出してから思い出した。

「……わけのわかんない伝説に、何十年も前の親父の体験談なんて、もうほとんど根拠なんかないようなもんだけど、できればセシルも避けてくれ。迂回ったってそれほど距離は増えないし、験《げん》かつぎみたいなところのほうが大きいけど、どうしても、なんとなく嫌でな」

「わかりました。なんとなく嫌っていうの結構当たりますもんね。避けます」

ウンウン頷きながら、地図にバツ印を書きこんだ。

それを見て少しホッとする。これからはセシルもあそこを避ける。オークランス家の人間のように。

「もう平気か？」

「はい。夜にすいません」

「いいや」

「オスカーさん」

「ん？」

丸めた地図を手にしたセシルがそれを縦にして両手で宝のように持ち、はにかむように笑った。

「とっても楽しかったですね」

「……ああ」

疲れたけれど楽しかった。いつも一人で飛んでいた長い道。

連れがいるということが、それがセシルであることがどんなに心強く、快かったか。セシルは知らないだろう。

「しっかり休めよ。おやすみセシル」

「はい。おやすみなさい、オスカーさん」

闇に消えていくセシルを見送り、自分の部屋に戻ってオスカーは机の上の日誌を閉じた。

そのまま寝台に上がり、ランプの火を消す。

『名人芸』。普段そう呼んでいるあれが、今日はオスカーにもできたようだった。


「今日は、アルコルと二人乗りの練習をします」

「へえ」

顔を輝かせているニコルに向かって、セシルは笑う。

「最初は乗れる人二人で練習して、アルコルが人を二人乗せるのに慣れたら、ニコルとオスカーさんか、ニコルと私で二人乗りだよニコル」

「……」

「ランフォルに乗れるよニコル。ニコルが頑張ったから。みんながニコルに慣れたからだよ。きっとすぐだから、待っててね」

パアアアと音が出そうな勢いでニコルの顔が輝く。わかるわかるとセシルは思う。掃除も、餌の準備も、ニコルはずっと真面目に、真剣に手を抜かずにやってきた。背に人を乗せて飛び立つランフォルたちをじっと見ていた。ずっと。乗ってみたくないはずがなかった。

「……アブラハム」

「なんだ旦那様」

「本当に腰、まだダメなのか」

「あ〜たたたたたたぁ。ふぅ無理無理。あっちこっちきしむ、年季の入った年寄りなもんで」

「……」

何故かオスカーが変な顔をしている。なんだろう。

「オスカーさん先、前と後ろどっちがいいですか」

「……どっちにしたって……」

「どうしたんですか？　どっちでもいいなら私先に前やります。よく見ててねニコル」

「はい」

「……」

アルコルを撫で、鞍《くら》を見せる。二つだ。

これで『今から二人乗るよ』とわかってもらえるかはわからないが、セシルはそうする。なるべくアルコルにびっくりしてほしくない。いつもと違うことが起こることだけでも伝えておきたい。

鞍を括《くく》り付け、ベルトを固定。引っ張ってチェックし、後ろからオスカーに見てもらう。

オスカーも無言のまま鞍を固定し、アルコルの背に跨《また》がる。太ももに留めている金具をセシルが体をねじって振り返り確認する。問題ない。

「前に座る人がランフォルの首紐を持って笛で指示を出します。乗せるのが小さい子どもとか荷物みたいな抱きかかえたほうがいいもののときは、前に乗せることもあるよ」

「はい」

ニコルがしっかりとセシルを見つめ、聞いている。

「今日はお客様が大きい大人の男性なので後ろに乗ってもらいます。体が離れているとランフォルの負担が大きくなるので、後ろの人は前の人にしっかりしがみついてください。……なんですかオスカーさん、悪い例を見せてるんですか？　そろそろ飛ぶのでちゃんとしたお手本お願いします」

「……はい」

オスカーが後ろからセシルの腰に腕を回し、ぐっと体を密着させた。背が高いから、後ろから包まれるような体勢になる。

「アブラハム、ニコル。頼むからそんな目で俺を見るな」

「はい上手です。こういう感じで、なるべく隙間がないようにぴったりくっつきます。体重の移動がばらけたり風の抵抗が強くなると、ランフォルが疲れるからです。じゃ、行きますよオスカーさん。アルコル、よろしくね」

笛を口に当て、吹く。アルコルがゆっくりと翼を広げ、力強く羽ばたいた。

ぐんぐんと上昇する。おなかがぞくぞくして、今日は背中は温かいのが面白い。

アルコルは少しも戸惑わずに指示に従ってくれている。乗っているのがセシルとオスカーだからというところは大きいだろう。よく知っている人間たちで、二人とも乗り慣れている。

だが将来輸送や人を乗せる仕事に就くならば、初めての人間でも、乗り慣れていない人間でも乗せられるようにならなくてはいけない。もちろん慣れた乗り手が同乗するし、それに向けての専門の飼育法があるそうだが、やはり性質、向き不向きというものはある。人に優しくて真面目なアルコルはそちらの仕事にとても向いていると、セシルは思っている。

「二人乗りひさびさです」

「なんだって?」

「二人乗りひさびさ！　子どもの頃以来です！　楽しいですねオスカーさん！」

「………」

「なんて?」

「いいや。楽しいな！」

「はい！」

ぐーんと山のほうまで羽を延ばし、牧場に戻った。先ほどの場所に着地して、ベルトを外し、アルコルの体を確かめる。

「じゃあ今度はオスカーさんが前で。アリクイ並に張り付きますから覚悟してください」

「……」

なんだろう元気がない。そして何故かさっきから顔をこっちに向けない。

まあいいかと思いながらベルトを締め、セシルは目の前の大きな背中にぎゅっとしがみついた。

わあ固い。そしてすごく広いなあと思う。ちっとも前が見えない。正面を向いてくっつくと鼻がうずまってしまって苦しいので押し付けるのはほっぺにしてぎゅっと腰を抱いて、ニコルたちのほうを見た。

「大事なことなのでもう一度言います。こうです。ぎゅっとなるべく隙間なくぺったりぴったりです。ぎゅっ、ぎゅっのぎゅ。はいぎゅっ、ぎゅのぎゅっ」

「……事故起こすなよオスカー」

「……頑張ってください。オスカーさん」

何故か悲愴《ひそう》な顔をしている二人に見送られ、天空へと旅立った。

楽しい。自分が紐を引かずとも、笛を鳴らさずとも飛べる。次どっちに行くかもわからず、どんな動きになるのかもわからない。最高に楽しい。

「オスカーさん楽しい！」

「ああ！　ああ楽しいなちょっと今話しかけないでくれ今俺は頭の中で歴代の王様の名前を初代から順番に思い出してんだ！」

「楽しいですかそれ！」

「ああ最高に楽しいよこんちくしょう！」

「そうですか！　よかった！　楽しい！」

「ああ楽しい楽しい！　楽しいな！」

何も心配することなくゆっくりと眼下の風景を眺められるのは、前にいるのがオスカーだからだとセシルは思う。

間違ってもアルコルが嫌がるようなこと、例えば紐を強く引いたり、急に無茶な指示を出したり、体を蹴ったりなんてことを、何があってもしないとわかっている。ランフォルのために危険を避ける慎重さがあって、そのための知識も経験も豊富。性格は優しくて、細やか。

しがみついた体は男らしい。そういえばセシルのものじゃない、日向《ひなた》の草原のようなにおいがする。

どこも固くて厚い。オスカーさんって男の人だなあと、改めてセシルは思った。

さっきと同じくらいの距離を飛び、帰還。ベルトを外してアルコルの体を確認し、抱きつく。

「ありがとう。すごい子」

ググルゥ、ググルゥと鳴きながら、くちばしで優しく髪を梳《す》いてくれる。

自分にもこんなくちばしがあればよかったのにとセシルは思う。そうしたらお返しに、たくさんたくさん大好きだよの毛づくろいをしてやれたのに。

何度も何度もその体を撫でた。くちばしがなくても、大好きだよと、少しでも伝わるように。

「よし、アルコルはこのあと休み。ほかのやつらを俺が散歩させてくるから、その隙にセシルとニコルで掃除、アブラハムは夕飯の準備頼む」

「はーい。……ワッチマルマル」

「ワッチマルマル」

「染まったなあニコル」

「頭に染みついて、気が付くと口が勝手に」

「恐ろしい」

「ワッチマルマル、ワッチマルマル！」

今日もオークランスの牧場はとてもにぎやかだ。


ニコルはこの家の主人の部屋の、扉の前に緊張しながら立っている。

「どうぞ」

ノックをしたら返事があったので、ニコルは扉を開けた。

中では書類に囲まれたオスカーが、いかにも疲れたという様子でぱらぱらと紙をめくっている。

今日は何かお金のことで役人さんが来たらしい。普段の作業着とは違うパリッとしたかっこいい服を着て、髪を全部後ろに流して結んで固めたオスカーはまるで別人のようで、とてもかっこよかった。いや普段だって男らしくてかっこいいが。今日は別の方向にだ。

　タイを緩めシャツのボタンを外し、シャツを腕まくりして筋肉質な腕を出している。せっかくちゃんとしていた髪の毛がほどかれ長い指にかき分けられてぐしゃぐしゃだ。それでもやっぱりかっこいい。これが大人の男の色気というものだろうか。

「何かありましたか？」

「ああすまん。この欄にサインをしてくれるか。親のサインだけでいいと思ってたら、本人のも必要になったらしい。ちょこちょこ様式変えられてもこっちはさっぱりわからん」

　ニコルとオークランスの雇用契約書らしい。内容を読んでも難しくてまったくわからないが、もう母のサインが入ってるし、オークランスがニコルに悪いことをするとニコルは思っていない。ペンを借りてサインする。字が汚くて恥ずかしいなと思う。

　ニコルの家は貧乏だ。母は朝から晩まで働いているけど、生活はちっとも楽にならなかった。

　ポスケッタの町には文字や計算を習うところがあるしニコルも時折通っていたけれど、仕事が入ったら迷わず仕事優先だったので、ニコルの勉強は同世代よりも遅れている。単語の綴《つづ》りはよく間違うし、計算だって仕事で使うところだけの我流だから、本当にこれで合っているのかわからない。

「ありがとう。あ、飼育日誌、書いてみたかニコル」

「……」

そのことで呼ばれたのかと思ったので、ニコルはそれを持ってきている。消えてしまいたいくらいの恥ずかしさといっしょに。

俯いたニコルが差し出したそれを受け取ってめくり、オスカーはやがて手を止めた。紙から上がった青い目が、じっとニコルを見つめる。

「すまん。配慮が足りなかった」

「……こちらこそ、……すいません」

視界がじわりと歪《ゆが》んだ。湧き出ようとするそれが落ちないように、ニコルは目を必死で見開く。

『すごいじゃないかニコル』と、家族も、近所の人も、オークランスから声がかかったニコルに言った。突然の降って湧いたような幸運に、一番驚いていたのはニコルだった。

眠る時間や自分の食事を削って働く母親を助けたくて、その歳《とし》その歳で受けられるさまざまな小間仕事、力仕事をずっとやってきた。優しい人もいっぱいいたけれど、難癖をつけて給金を出し渋ったり、失敗も悪いこともしていないはずなのにやたらと叱りつけられたりすることもあった。ときには家族でひもじい思いもしたし、母に言えないような痛い思いも悔しい思いもあった。

毎日がただ生きるだけでいっぱいいっぱいで、これから何になりたいなんて思えるような状況じゃなかった。

自分はこれからもこうやって日々を切り崩すようにして生きていくのだと思っていたところへの、飼育員にならないかというオークランスからの声掛け。青天《せいてん》の霹靂《へきれき》。

オークランスはあたたかい。どこもかしこも明るいお日様の光がいっぱいで、誰もニコルを怒鳴らない。最初の頃はアブラハムが少し怖かったけれど、真面目にやったうえの失敗を怒る人ではないこと、毒舌だけど不条理は言わないことに気が付いた。

先輩のセシルは、優しくて明るくて楽しい。ニコルよりも背の低い、どこもかしこも白くて細いお姉さんなのに、彼女はオスカーが称賛するほどのランフォルの乗り手で、ランフォルたちみんなのお母さんだ。手本にと思って見せてもらった彼女の日誌は、よくも毎日こんなに書き込めるものだと思うほどに真っ黒だった。

ただひたすらにランフォルを見つめる、優しくて真剣な水色の目。見る者に伝わるランフォルへのまっすぐな愛情。ときどき見ているほうが何か不安になってしまうほど、セシルは全身でランフォルが好きだ。なんとなく、ある日突然ランフォルに乗って、ランフォルの国にふわりと消えてしまうんじゃないかと思ってしまうくらい。

オスカーと料理人ゼフのおかげで、ニコルの家の皆はすっかり体が頑丈になった。美味しいものをたっぷりと食べられるから母の仕事が捗《はかど》り、そこにニコルの毎月の給金が加わった。明日食べるものの心配がなくなって母が前よりも笑うようになり、弟と妹の顔色も明るくなってしっかり勉強をしに通えている。

ニコル、いやニコルの家族全員にとって神様みたいなオスカーに、この家の従業員にふさわしくない、自分の学のなさが知られてしまった。こんなにもよくしてもらいながら、期待に応えられない自分が恥ずかしくて情けない。今にも涙が零れそうになり、ニコルはぎりりと歯を食いしばる。

「ニコル」

「……」

「アブラハムに言っておく。明日から毎日少し勉強の時間を作ろう。爺さんは皮肉家だけあってえらい語彙が豊富でしかも達筆だ」

驚いてニコルは顔を上げた。

「……クビじゃ……」

オスカーが額を押さえた。

「おいおい冗談はやめてくれ。まったく、どいつもこいつも。そんなことしたら俺がセシルとアブラハムに袋叩《ふくろだた》きにされて、雛《ひな》たちがクアクア鳴きやまんだろう」

確かに雛たちはずっと地上にいて何かしらしているニコルにすっかり慣れて、見つければクアックアッと追いかけてきてくれるようになった。ホントはセシルやオスカーと遊びたいだろうけど、二人は忙しい。

オスカーの青い目がじっとニコルを見ている。

「ニコル。真面目なやつは損をするなんて世間の人は言うけれど、いつでも、どこでも変わらずに当たり前にそれができる人間なんて、そうはいないと俺は思う」

「……」

「優しいところもだ。自分だって腹減ってるのにきょうだいに飯を分けられるようなやつ、ごほうびでもらった一個しかない飴玉《あめだま》を、泣いてる知らない子にあげられるやつがどれだけいる。誰もいない部屋で、腹が鳴ってるのに目の前に積んであるご馳走《ちそう》のひとかけらも口に入れずに広い部屋の床の拭き掃除をできる我慢強いやつがどれくらいいると思うんだ。生き物を、命を育てるんだ。俺はズルや手抜き、暴力、人に隠れたところで悪さをするような人間は絶対に牧場に入れたくないと思ってる。誰かを思いやれて、優しくて、何事にも手を抜かない真面目なやつが欲しいと思っている。『それならニコルだ。あの子は優しくて、真面目で我慢強いいい子だよ』ってみんなが口々に言った。だから俺は安心してニコルを雇ったんだ」

「……」

奥歯を噛《か》み締めても太ももをつねっても溢《あふ》れた熱いものが、ぼろぼろと自分の頬を伝っていくのを、ニコルは感じている。

オスカーの手がそっと日誌を閉じた。ニコルの恥を笑わず、目の前のニコルをまっすぐに見る優しい青い目。頼れる立派な男の人。

「何も恥じるなニコル。ニコルはずっと、どんな仕事でも真剣にやってきた。本当はもっと勉強したかったんだろう？　それでも文句も言わずに我慢して、我慢してずっと働いてきた。母さんに、もっと楽してほしかったんだよな。きょうだいに腹いっぱい食わせたかったんだよな。見てないようで、周りの人ってのはやっぱり、ちゃんと見てるんだ。ニコルがこれまで積み重ねてきたものを俺は信じる。どうか、これからも頼む」

「はい……」

大泣きするニコルを見つめてから、ふっとオスカーが笑った。目じりに笑いじわを刻んだ、男らしいかっこいい顔で。

「この場面を誰かに見られたら『オスカーさんがニコルをいじめた！』って怒られそうだな」

「すいません……」

「いいさ。じゃあ、またあとでな。ニコル」

「はい。オスカーさん」

お辞儀をして、扉を開けた。

ノックしようと思ったところだったのだろう、右手の拳を上げたセシルが立っていた。

「……」

「……」

水色の目がニコルを凝視してから、つっと動いてオスカーを見た。かばうように肩を抱かれた。

「……オスカーさんがニコルをいじめた……！」

「これだよ」

オスカーが頭を押さえた。思わずニコルは吹き出す。

「大丈夫？」

「はい。いじめられてません。大丈夫です」

「そっか。すいませんオスカーさん、勘違いでした」

「いいさ」

疲れたようにオスカーが言い、もう一度、セシルが謝る。

セシルが歩み寄り、オスカーに紙を渡す。読み始めたオスカーが顔を上げ紙を指差してセシルに質問をし、セシルがそこを覗《のぞ》き込みながら答える。

オスカーの横に立つとセシルは余計に華奢《きやしゃ》に、オスカーはより男らしく見える気がする。

この二人が結婚してくれたらなあと、ニコルはひそかに思っている。

この二人が二人でいると、セシルの唐突にどこかに飛んで行ってしまいそうな雰囲気が和らぎ、オスカーが硬い何かがほどけたような穏やかな顔になるから。パズルのピースをはめたときみたいなぴったりしたちょうどいい感じがするから。

恩人たちには幸せに、楽しくなってほしい。子どもが、ただの見習い従業員がそんなことを願うのは生意気だろうかと考えながら、ニコルは廊下を歩いた。

いいにおいがする。今日の夕飯はなんだろうと考え、ニコルはついぴょんと跳ねた。

「この時期が来たか」

「この時期が来ましたねえ」

空中にほわほわしたものが舞っている。

あちこちがちょぼ、ちょぼ、ちょぼとはげた、なんとも珍妙な姿の茶色のレアン、灰色のヴィガ、蜂蜜色のノワがクアックアッと鳴いている。

「……これは?」

痛ましいものを見るようなニコルの戸惑った顔に、セシルはオスカーと目を合わせ、ふふっと笑った。

「病気じゃないから大丈夫。みんなの羽根が大人に変わるんだよニコル。……みんな、少し大人のランフォルになるの」

「……」

まじまじとニコルが灰色の目で雛たちを見た。潤んでいる。

「……早いんだなあ」

ニコルの手のひらが彼らに伸び、残りのほよほよ部分を撫で、感極まったかのように抱きつく。ほわほわが飛ぶ。三羽がニコルを囲み、髪をハムハムしている。

散歩に行ったりなんだりと牧場を出たり入ったりするオスカーやセシルと違い、ニコルはずっと牧場の中、地面の上で仕事をしていた。雛たちにとってこの頃一番に一緒にいて、一番に遊んでくれる人間は、ニコルなのだ。

もちろんセシルとオスカーの顔は覚えているし、この中でボスがオスカー、その下がセシルであることは理解しているから、オスカーやセシルの言うこともちゃんと聞いてくれる。

生まれたてのときの、ただの刷り込みだけでぽよぽよクアクアとお母さん代わりを追いかける時期は終わったのだ。

彼らの成長が嬉しくて、頼もしくて、少し寂しい。

「……でもなんか可哀想《かわいそう》ですね。……痛くはないいんだろうけど……」

ニコルにはげの部分を撫でられたレアンがまん丸の目でニコルを見上げて『クア』と鳴く。

「お母さんのいる子は、お母さんがくちばしとか爪で上手にはぐはぐしてくれるんだけど、いない子は気になって自分でつんつんしすぎて、傷になっちゃうこともあるよ。大人ほどじゃないけどくちばしが鋭くて硬くなってるのに、自分じゃまだそれに気付いてなくて。傷ができると今度はかゆいから余計にかいちゃって、放っておくと可哀想なことになることがあるよ」

「……」

ニコルが悲しげに俯く。セシルはそんな彼の前に、背中に隠していたものを取り出しじゃーんと見せた。木でできたくちばし型、爪型の、フォークのようなもの。

「ノワ」

クアッと鳴きながらノワがぴょこんと進み出た。背中側に立ち、セシルは爪型のほうをそっとノワの背中に当てる。

「力は入れすぎません。ただ体に沿って、そっと引っ張ります」

そ～っと引いたフォークの先に、みるみるうちにもさもさあっと蜂蜜色の毛が集まった。これは何度見ても壮観だ。

重みが増したそれを掲げる。育ての牧場飼育員による俗称、『ロリー』。棒付きの飴玉だ。ニコルがぱちぱちと目を瞬かせる。

「……ノワが一羽増えた……！」

「よしどんどん行くぞ。ニコルはレアンを頼む。毛はあとで麻袋に詰めるから、丸めて転がしとけ。

モジャァッとつくと取れにくいから気をつけろよニコル」

「……モジャァッ？」

「はーい」

オスカーがヴィガを、ニコルがレアンをそれぞれの道具で梳《くしけず》る。雛たちは皆目を細め、やがてクックックと喉を鳴らし始めた。彼らはこれが大好きだ。本来雛のときに母親にされることだからだろう。

鳥のようであり、動物のようである。やっぱりランフォルって不思議な生き物だなあと思う。

必死に腕を動かしていると汗が噴き出て目に入りそうになった。今日はもう散歩も終わったし、とセシルは革の上着を脱ぎ、布で顔と首、背中を拭う。ここのところ本当に暑い。

間もなく夏。コンクールの時期がやってくる。

やがてへとへとになった飼育員一同と、ごろんごろんと転がる各色三個ずつ、計九個のころころな毛玉が残った。シュッとなった雛たちは軽くなった体で目いっぱい遊びたいらしく、オスカーに許しをもらってから仲良く走り去っていった。

「腕が……」

「服が絞れるくらい汗だくです。臭かったらすいません」

「お互いさまだ。ここは寛大に許し合おう」

色ごとに、ころんころんの毛玉を袋詰めする。ランフォルの雛の毛はやわらかくて保温性が高いので、人気があるのだ。

「今年は一個ぐらいうちで使うか」

「やったあ！　あれふみふみするの大好きです！」

「ふみふみ？」

　不思議そうな顔をするニコルに、オスカーが教える。

「各牧場で調合した秘密の粉を入れて、水を入れて、人の足で踏むんだ。汚れが落ちていっそうやわらかくなって、乾かせばふかふかのいい毛になる」

「へえ……」

「泡が出て、ぬるぬるで、転びそうになるから手をつないで輪になって歌いながら回るんだよ。踏み残しがないように、輪を大きくしたり、小さくしたりして。楽しいよ」

「へえ」

　説明しながら笑ってしまう。そう。あれは楽しい。小さい頃セシルは祖父、祖母、近所の人たちとあれをやった。大切な仕事だから真剣にやらなきゃいけないのだけど、足の裏のぬるぬるもにょもにょする感触が楽しくて、今にも転びそうなみんなの様子がおかしくて、やっぱりやりながら、皆笑ってしまうのだった。

「たくさん、いろいろあるんですね」

　うん、とセシルは頷く。

「すごくいっぱい、たくさんいろいろ。ランフォルって素敵でしょう、ニコル」

「……はい」

ニコルがいい顔で笑ってくれたので、セシルも笑った。セシルは一人でも多くの人に、ランフォルを素敵だと思ってもらいたい。

「……」

「?」

ニコルがじっと見つめてきたのでセシルもじっと見返した。なんだろうと思う。

「さて夕飯だ。いい仕事したから今日のは余計に美味いぞ」

「やった! いつも美味しいのにいつもより美味しいなんてすごい」

立ち上がり、みんなで小屋を出る。

風が気持ちいい。春よりもたっぷりと深みを増した、夏の夕暮れの、命の香りがした。


ごくりと、自分用に作ってもらった騎乗用の革の服を着こんだニコルがつばを飲み込んでいる。

アルコルに跨ったオスカーが体をねじり、自分の後ろのその緊張しきった顔を見てふっと微笑《ほほえ》んだ。

「硬いぞ、ニコル」

「はいっ!」

「ほらな硬い。セシルも見てくれ」

呼ばれたのでセシルも歩み寄り、まずはオスカーの金具を確認。それからニコルが自分で巻き付け、オスカーが確認し終えた金具をさらに確認する。一人より二人、二人より三人だ。セシルは全てを念入りに調べ、顔を上げ、ニコルを見て微笑んだ。

「うん。大丈夫。全部完璧。大丈夫だよニコル」

そう言ってもやっぱり表情が変わらないので、セシルはぽんとその硬くなった薄い肩に手を置く。灰色の瞳とやっと目が合う。見つめて微笑む。

「ランフォルがアルコルで、首紐を持つ人がオスカーさん。こんなに安心できることそうはないよ。だから、大丈夫」

「……」

セシルをじっと見つめてからこくんと頷き、彼は腕を伸ばしてぎゅっとオスカーの背中にくっついた。顔を赤くして叫ぶ。

「ぎゅっ、ぎゅっ、ぎゅのぎゅ、ぎゅのぎゅ！」

「そう！　ぎゅっ、ぎゅのぎゅっ！」

「ああ。合ってる合ってる。じゃあ、行くぞ、ニコル」

「……」

オスカーが前を向き笛を口にくわえた。緊張に強張《こわば》るニコルの顔が白い。オスカーにしがみつく手まで力がこもりすぎて白くなっていて、なんだかそれを見ているセシルの背中までぞわぞわする。

でも、大丈夫。ランフォルがアルコルで、前がオスカーなのだから。セシルは後ろに数歩下がった。

アルコルが羽を広げる。なんだか気持ち、いつもよりもゆっくりと。

やがて一瞬で風を巻き起こして、漆黒の体が空へと飛び上がった。

あっという間にそれは見えなくなった。今日がお天気で、風が穏やかでよかったなあと思う。きっと景色が遠くまできれいに見えるだろう。

『洗礼』として新人にいきなり上下だったり回転したりの激しい飛行を経験させる人もいるらしいが、そこはオスカーのことだ。絶対に初回から飛ばしたりしない。ニコルがランフォルを、彼らと飛ぶことを好きになれるように、穏やかに、背にしがみつく相手の心を察しようと気を配りながら慎重に飛ぶはずだ。そしてそれは、アルコルも同じ。

よかったねニコル、とセシルは思う。早く帰ってこないかな、とわくわくしながら天を見上げて。


セシルの予想通り、おそらく山の周りを一周しただけで、オスカーたちは帰ってきた。

人の中には高いところが震えるほど嫌いな人もいるらしい。持って生まれた性質であり、本人にはどうしようもないこと。もしニコルがそうだったら今日まで頑張ってきたニコルがあまりにも可哀想、ニコルに期待しているオスカーも可哀想だと、とてもドキドキする。

舞い降り羽を畳んだアルコルに駆け寄った。ドキドキしながらオスカーにしがみつく少年を見る。

彼が顔を上げる。

目がきらきらと輝き、頬が真っ赤。顔全体がピカピカだ。

セシルを見て、その灰色の目に涙が溜《た》まった。零れたそれが、ゴーグルの内側にぽとっと水滴を作る。

「……ランフォルって」

「……うん」

「本当に、……すごいんだなあ……」

「……」

その言葉と表情に感極まり、セシルはニコルをぎゅっと抱き締めた。前にくっついているからオスカーごとだ。

「セシル」

「……」

セシルはぎゅっとしている。

「セシル」

「……」

セシルはなでなでしている。

「セシル。セーシール。降りるから離してくれ。アルコルの体を見るから」

「はい。すいません」

抱きついたまま顔を上げ、セシルはオスカーを見た。そして笑う。オスカーさんだって、心底ホッとした、ものすごく嬉しそうな顔をしているじゃないかと。

セシルは今、ニコルとオスカーの気持ちがわかる。何故《なぜ》ならセシルもそれを思い出しているからだ。初めてランフォルに乗った日の鮮烈な記憶。その日の感動を、あのときのおなかのぞわぞわを、胸のドキドキを覚えていないランフォル乗りなんかいないはずだ。

視界を勢いよく後ろに向かって走る屋根、自分の下で揺れる鮮やかな緑、前後左右頭の上にどこまでも広がる無限のような空の青さ。勢いよく力強く動く、今自分を乗せてくれるものが生き物であり命であるという あの不思議な感覚。あれらに魅せられた人間だからこそ自分たちは今日もランフォルを愛し、育て、彼らの背に乗っている。

腕を離す。オスカーが手早く自分の金具を解いて降りる。はっとしたようにニコルもそうしようとして、まだ手慣れていないためにもたついている。そっとオスカーの革手袋をはめた手がニコルの手を押さえた。

「ニコル、ゆっくりでいい。俺たちの命を守ってくれる大切な道具だ。丁寧に、優しく扱ってくれ」

「はい。……すいません、オスカーさん」

オスカーの青い目が、穏やかにニコルを見ている。

「いや、俺が焦らせたな。先に言えばよかったんだ。許せよニコル」

「そんなことありません。……ありがとうございます」

じっと金具を見つめながら手を動かしている彼の耳が赤い。指が震えている。まだドキドキしてるんだなと、セシルは微笑む。振り向いたオスカーと目が合い、こっそり二人で笑った。さっきのドキドキの余韻で、なんだか胸がちりちりとくすぐったい。

「お疲れアルコル。今にニコルも慣れるから、今日のところは許してくれよ」

ググルゥとアルコルが鳴いた。乗り慣れてなくてごめんなさいだ。アルコルなら、きっと許してくれるだろうとセシルは思う。アルコルは優しい。

オスカーが確認を終えてアルコルから離れたのでそっと手を伸ばし、アルコルを撫でる。髪を食《は》まれる。ぎゅっと首を抱く。

「大好き」

ググルゥ、ググルゥの優しい声。誰よりもそっとついばんでくれる優しいくちばし。

「大好きだよ」

ふわふわでふかふか。真っ黒できれいな、賢くて優しいランフォル。

「……」

「……なんだニコル」

「……いえ」

「そうか。飼育員とランフォルが相思相愛の仲良しで何よりだなニコル」

「はい。相思相愛の仲良しで何よりですオスカーさん」

「ああ。さて、どうする？　すぐにセシルにも前やってもらうか？」

「………いいんですか？」

「ああ。アルコルとセシルなら、何も問題ない」

「……」

再び輝き出した新米飼育員の頬を見て、オスカーが笑う。

そんな様子に気付かず、セシルはアルコルを愛情いっぱいに撫でている。


外。流れる風がぬるい。

たぷん、たぷんと水の音がする。

「さあ来ました。今年もぬるぬるびちょびちょのお時間です！」

「何をそんなに張り切ってるんだ」

セシルの横でオスカーが笑う。珍しくズボンの裾をまくり上げていて、筋肉質なふくらはぎが丸見えだ。

セシルも張り切って裾をまくり上げている。これでもかというくらい、ぐるぐるぐると太ももまで。オスカーが何故か微妙に目を逸《そ》らしている。

「……さすがにそれはちょっとまくりすぎじゃないか？」

「いっそ脱ぎたいくらいです。転んで服にモッチャァッとなるとなかなか取れませんから」

「……」

「何か」

「いや」

「あ、見てくださいオスカーさん。こうすると白黒。焼いた白パンと焼いてない白パンみたいですね。美味しそう」

「よせ。それ以上その限界まで剝《む》き出《だ》しにした足を近づけるな」

「はあい。でもやってるときに踏んだらすいません」

「……」

「何か」

「いや」

いい天気の暑い午後。みんなが大きな木の盥《たらい》の上に立っている。大人が何人も立てる底に凹凸の付いた大きなこれは、この作業のためだけの道具だ。中には井戸のポンプから汲んだ水が満ち、表面がたぷたぷ揺れながらきらきらと輝いている。

そこに輪になって、セシル、オスカー、ニコル。応援で呼ばれたピオ、偶然おすそわけに来たアデリナ、タイミングよく差し入れに現れたアランがそれぞれ裾をまくり足を水に入れて立っている。

『滑って転んで腰打ったら死ぬわ』と、アブラハムはランフォルの世話に戻っている。

にこにこと、皆を見まわしアデリナが明るい顔で笑う。

「ルイスにお呼ばれして、よくやったわね。またできて嬉しいわ」

「はい。この時期が来たなあという感じです」

オスカーが麻袋の口を開け、ボウンと中身を出した。蜂蜜色の毛の塊が三つ、ぼす、ぼす、ぼすと水に落ちる。

溶けるのかと思って見つめていたらしいニコルとピオが、その形を保ったまま水の上でぷかぷかしているそれを見て首をかしげる。

「ここで登場、牧場秘密の魔法の粉！」

腕を広げじゃーんとするセシルの横で、オスカーが普通にばさばさと白い粉を水に入れる。

「おお？」

声を上げた二人の前で、さっきまでびくともしなかった毛の塊がわわわわわっと沈み、ぞわあっと水中に広がる。

「うっわなんだこれ！　気持ち悪《わ》っりぃ！」

「足に！　足に！　もにょもにょ！」

「踏むと滑るから気をつけようね。服につくとモッチャァッとなって取れにくいから転ばないよう頑張ろう」

「モッチャァッ？」

男の子たちの声が揃った。やっぱりこの二人、気が合うなとセシルは笑う。

それをオスカーとアランが並んで見ている。

「なんで俺はこんな歳にもなって、大きくなったお友達とおててをつながなきゃいけないんだろうな」

「ひどいやオスカー君アラン寂しい。反対側がすげぇ嬉しいんだから我慢しろ。いざというときは離してやるからそっちに倒れて揃ってモチャられろ。いつか俺とやったみたいに」

「あれは気持ち悪かった。あのまま一生離れられなかったらどうしようかと思ったよ」

「ああ。最高に気持ち悪かった」

「じゃあみんな、手をつなぐわよ。はい、輪になってくださーい」

響いたアデリナの声に、皆が隣の人と手をつなぐ。

アデリナと片手をつなぎ、セシルはオスカーにもう一方の手を伸ばす。握られないので手をにぎ開いたり握ったりしてみる。オスカーがじっとそんなセシルを見る。

「なんですか？」

「いや」

伸ばした手がようやく大きな手に包まれた。ごつごつした、骨っぽい手。男の人の手だ。

「らーらーらー」

出だしを歌ったアデリナに、歌を知っている大人たちが声を重ねる。

シャ・リットホルテを鳴らせ　響けトロンバ・マ・クラリーナ
ボングタングを打ち鳴らし　ア・ルップホレーンを吹き鳴らせ
「何語!?」

「わかんないのばっかだ！」

言いながら、足踏みしているオスカー、セシル、アランとアデリナの様子を、おっかなびっくりといった様子でニコルとピオが見ながら真似する。

金色のフォ・ネーベル　ナルラルジュ広げてひらひらくるくる回れ
らららっらっらっらっらー・らっらーららら……

「回んの?」

「うん。回るの」

つないだ手を前に後ろに振りながら、大人たちが回る。引きずられるようにしてキョロキョロしているピオとニコルも回る。

「うわっ」

「危ない」

「あっぶね!　滑るぞこれ」

しばらくらっらーららのぐるぐるが続く。途中でヘイ!　の声と手拍子を合図に逆回りに変わったのに、少年たちが目をぱちぱちさせている。

シャ・リットホルトを鳴らせ　響けトロンバ・マ・クラリーナ
ボングタングを打ち鳴らし　ア・ルップホレーンを吹き鳴らせ
金色のフォ・ネーベル　ナルラルジュ広げてひらひら広場に集まれ
らららっらっらっらっらー・らっらーららら……

「今度は何?」

「足踏みしながらだんだん真ん中に集まるよ。最後はなるべくぎゅっと」

ららに合わせて中央に前進する。輪が小さくなり、誰かが蹴った水が顔にかかる。足の裏がもにょもにょする。ついには真ん中に集まってぎゅうぎゅうだ。皆、自然に笑ってしまう。

「今顔上げるなよピオ。さもなくばお前のファーストキスの相手は俺だ」

「そんなもん大事に取ってあると思う?」

「……まじかよ」

アランが目を見開いてピオを見る。ニコルも感心したようにピオを見ている。

隣のオスカーが近い。大きいから潰されそうだ。肌に自分よりも高い熱を感じ、自分の汗なのか飛んだ水なのかわからないものが首を伝った。

「セシルもだ。今はこっち向くなよ」

「わかりました。私のは大事に取ってあるんで、重々気をつけます」

「……ふーん」

ベッ・ルッが鳴るベルが鳴る
フィッナーロ　フィッナーロゥ！　金の卵を受け取っておうちに戻れ
「離れるぞ」

「ああ暑苦しかった！」

「今のを繰り返す」

「まじかよ！　何回？」

「毛がいい感じにほぐれて、牧場主がいいと言ったあとに最後の力を振り絞って高速でラスト一周するまでだ」

「うわー地獄」

「ゼフがこの日用の特別おやつをたっぷり用意してくれてるから、頑張れ」

「もう食いたい」

「仕事してからだ。指先まで沁《し》みるぞ、あれは」

歌が最初に戻った。

初めてのことに少しずつ馴染《なじ》んできたらしいニコルとピオも、音を口にのせ始めている。ちゃぷんちゃぷんと水が飛ぶ。たぷんたぷんと蜂蜜色が水の中で踊っている。滑りそうになったり、転びそうになったりするたびに順番を入れ替え、絶えず誰かの悲鳴と笑い声が上がる。

揺れる水面にきらきらと反射する眩しい光。湿った夏の空気。ふと、つないだ大きな手の先に笑った祖父の顔があるような気がして、ふっとセシルはそちらを見た。

当然彼はそこにおらず、揺れる光に浮かぶ精悍な顔立ちの男の人が、青い目でセシルを見ている。

「……どうした？」

「いいえ。少し」

じわっと、目頭が熱くなった。

「……昔のことを、少し、思い出しただけです」

それだけでオスカーは、セシルが今手の先に期待したものを察した。

「ああ。……この空気の中でこの歌聞くと、どうしてもな」

「……はい」

きゃあきゃあと笑い合った、楽しいこの季節の思い出の歌。握り合う手の先に、かつてそこにあったものがあるような気がするのは、きっとセシルだけではないのだろう。

ぎゅっと握られる手に力がこもったような気がしてセシルはそちらを見た。青い目がセシルを見ている。

「ぅおっと」

「うわ」

声が上がって大きな体がセシルに向かって倒れてきた。これはよけるべきなのか頑張って支えるべきなのかと迷っているセシルの前でそれはダンと長い足を出し、セシルにぶつかる前にぎりぎりで体勢を保った。

「……アラン」

「すまん。今のは本気で滑った」

「……」

「本当に事故だ。許してくれ親友。仲直りに手をつなごう」

「……ああ」

バチンとすごい音を立ててアランの手のひらを一回叩いてから、オスカーがアランと手をつなぎ直している。滑ったならしょうがない。だってこれはとても滑る。

何度も何度も繰り返し、全員へとへとの汗だくになったところでようやくオスカーの『ラスト』の声がかかった。これまでで一番速い速度で歌って、踊って、踏んで、転びそうになって、ようやく皆、最後の金の卵をもらっておうちに帰った。

そして盥から上がり、日陰に敷いてある布の上にふらふら歩んで、ごろんと寝そべる。

「死ぬ……」

「暑い……」

ハアハア言っている男の子たちを眺めながらセシルは足を爪先まで布で拭い、靴を履く。そしてオスカーとアランに駆け寄った。

「手伝います」

「ああ。ありがとう」

「体力あるなぁセシル」

「数少ない自慢です」

「俺もやります！」

「休んでろニコル。ピオもな。初めてだから疲れただろう。これは三人いれば充分だ」

栓を抜けば水が抜けて流れる。水の流れに合わせて長いほうきで濡れた毛を一か所に集める。たくさん洗ったからもう、モチャァッとはしていない。流れる水になびいてさらさらで、日陰に干せばやがてふわふわになる。

「うちの布団は全部これだ。冬は暖かくて布団から出たくなくなるから、覚悟しろよセシル」

「うわあ豪華。そんないいやつで寝たことありません。今から楽しみです」

「……あれ、そんなにいいやつなのか？」

アランがびっくりしたように言った。ランフォルは高い。そしてランフォルの雛から幼毛が抜けるのは、一生に一度きりだ。

「お前は意外とうちのランフォルの恩恵にあやかりすぎてるぞアラン。まあ、今回も乾かしたら持ってくから、子どもの布団に使ってやれ。ランフォルの羽根は縁起物だ」

「ああ。ありがとう。オークランスでは特に、愛情の印だっけ？」

「……」

「若い頃におやじさんからおふくろさんに……」

そこまで言ってアランが、何かはっとした顔で口を止めた。沈黙。

「……親愛の、印に。そうそうフォルトナの白的な親愛の意味のアレで、プレゼントしたんだよな。うん。確か」

「……」

「よし、早く干しに行こうぜオスカー。セシル、先みんなと食堂行ってろ。すぐ行くから」

アランにそう言われて、セシルはほうきを所定の場所に戻そうと三本持った。

「じゃあお言葉に甘えて、すいませんアランさん、オスカーさん。アデリナさん、ピオ、ニコル、おやつにしましょう」

「ありがとう。私はこのあとちょっと用事があるから遠慮するわ。子どもはいっぱい食べて大きくなるのよニコル君、ピオ」

「言われなくたって食うから大丈夫だよ。なんかあったらアデリナさんも言ってくれな」

「ええ。いつもありがとう。助かってるわ」

手を振ってアデリナが去った。ピオとニコルと三人で、並んで歩いて屋敷に向かう。

「あー疲れた。牧場って毎年あんなことすんのかセシル」

「大きい牧場だと、男の人は見てるだけのことも多いよ。お手伝いの女の人たちとか子どもだけでやることが多いかもしれない」

「セシルもやった？」

「うん。十一歳まで。……そのあとは、やってない」

「ふうん」

ピオはおそらく、人の心の動きにとても敏感だ。今のセシルの声か言葉に、きっと何かの揺れを見たのだろう。それ以上聞こうとはしなかった。

食堂に到着し、揃って声を上げた。あとは食べるだけの状態まできれいに切られた色とりどりの果物が皿の上にいっぱい。しゅわしゅわと泡を出す飲み物が入った透明なビンの中にもだ。チーズ色になったポップコーンに、薄切りにして油で揚げたカリカリのお芋。

真ん中にはこの日のおやつの伝統である、小ぶりなパイがずらり。頭のところに卵を塗ってから焼いてあるからみんなつやつや。中身はお肉だったり卵だったり甘いのだったりと口に入れるまでわからないけど、どれを食べたって美味しいと決まっている。つい好きな中身が出るまで食べ続けてしまうから、おなかがパンパンになってしまうまでがお約束。

甘いの、香ばしいの、しょっぱいの。美味しいにおいが部屋に満ちている。

「うわー！　食いてー!!」

「まだだよピオ！　二人もすぐ来るからまだだよ！　まだだよね？……まだだよね？」

「……」

三人ともよだれが零れそうな顔で、前のめりで目の前の美味しそうなおやつの数々に見入る。ブルブルと震える子どもたちに、にやりとゼフが笑う。

「お疲れさん。今日は特別だ。おやつを張り切ったって婆さんにばれると怖いから、言うなよ」

「マルガリタさん、怖いんですか？」

「俺には容赦ねえんだあの婆《ばば》あ」

「へえ」

意外な発見。だがしかし目はおやつから離れない。

オスカーとアランが扉を開けるのを、子どもたちは目をキラキラさせて、まだかなまだかなと待っている。


夜。

以前オスカーと涼みながら地図を眺めた椅子に、セシルは座っている。

オスカーに聞きたいことがあったのでここまで来たが、聞く前にもう少しだけ自分で考えてみようと思って座ったのだ。

「なんだセシル。なんか用だったか？」

声をかけられて顔を上げた。廊下の先から、髪を拭いながらオスカーが歩いてくる。

「今日は入るの遅かったんですね、お風呂」

「いや、一回入ったあとに体動かしたら汗をかいたから、また入った」

「忙しい。何してたんですか？」

「小屋の一部に穴が開いてたから、みんなが寝る前に塞いどいた。気にするやつがいたら可哀想だからな」

言いながら、オスカーが隣の椅子に座った。

「言ってくれれば、台を押さえるくらいしましたよ」

「下のほうだった」

「そうですか。さすがオスカーさん、よく気付く。お疲れ様でした」

じっと、セシルはオスカーを見る。お母さんみたいな、細やかで優しい男の人。

特にどちらが続けるでもなくふわりとした沈黙が落ちたので、セシルはオスカーから目を外し、星を見上げた。

二人は今日もあそこで、セシルのことを見ているだろうか。

静かだ。星が瞬く音が聞こえそうなくらいに。

じっとそれらを見つめれば、星空に浮いているような、吸い込まれているような気になってくる。

「……セシル」

「なんですか」

「自分が世話してるランフォルに、逃げられたこと、あるか？」

そう聞くオスカーの声は穏やかだったけど、セシルはなんとなく、オスカーのほうを見なかった。育てているランフォルが逃げることを、ランフォル乗りの俗語で『カラスにする』と言う。それは飼育員、乗り手としては最大の恥であり、最も悲しいことだ。

ランフォルには首輪を付けない。足を紐や鎖で結ばない。そんなことしたところで、飛んでるときにランフォルが背中の乗り手の指示を無視して振り落とし、あるいは壁や地面にでもぶつけて細切れにしてから放り投げれば、彼らは簡単に自由だ。彼らは羽を持ち、大きく強い。いつだって、どこへだって好きなところに飛んでいける。

彼らを愛し、彼らに愛され、彼ら自身にそこにいると決めてもらわなければ、人はランフォルと生きられない。

「運がいいことに、ありません」

「そうか。俺は、一度ある。生まれて初めて自分が担当した、二歳のランフォルを。俺がなんだかんだとしつこく世話しすぎるから、そこにいるのが嫌になったらしい。朝見に行ったらそこだけ厩《うまや》がぽっかり空いていたときのあの気持ちを俺はきっと一生忘れられないし、何度だって夢に見ると思う」

「……」

「……」

「僭越《せんえつ》ですが」

「なんだ」

「いいこいいこしましょうか?」

「……」

ふっとオスカーが笑ったのが空気でわかった。

「ああ。頼もうかな」

「はい」

手を伸ばし、頭を撫でる。

セシルは撫でる。立派で頼りがいのある大人のオスカーの中にいる、小さな少年を。

そのとき彼は、きっとたくさん泣いた。泣いて泣いて泣いた。周りに誰もいないところで。

周りに誰もいなくても歯を食いしばり、声を殺して。

自分のしたことを何度でも思い出し、悔やみ、あのときああすればよかった、こうすればよかったと思っただろう。責任感のある、優しくて細やかな心を持つ男の子だったから。

「いいこ、いいこ。……いいこ」

「……」

「自分にやれることを全部、精一杯やって、一生懸命お世話したよ。まだ、加減がわかんなかっただけだよ。大丈夫、大丈夫。大人になったら、優しくていろんなことによく気が付く、素敵な飼育員さんになるから。いろんな人を助けてくれる、みんなに頼られる立派な牧場主になるから。大丈夫、大丈夫。……大丈夫だよ」

「……」

言いながら、空の巣を前に呆然《ぼうぜん》と立ちすくむ少年の姿を思い、セシルも思わずぽろっと泣いてしまった。

今セシルは、まだどこかで泣いている小さなオスカー少年をぎゅっと抱き締めたくてたまらない。

「……どこで泣いてたんですか？」

「……薪小屋《まきごや》の裏。思い出して泣きそうになると薪割りしに行くせいで、一時は小屋に入らないほど薪が増えた。家族から苦情が出るかと心配したけど、一言もなかったよ」

セシルは笑った。きっと家族はみんな気付いていて、何も言わなかったのだと。

成長したオスカーもきっとそれに気付いて、やっぱり何も言わなかったのだろう。家族だなあと思う。

星を見上げながらしばらくそうして、きっともう大丈夫と思ってオスカーを見れば、わずかに潤んだ青い目が、じっとセシルを見ていた。

ああ、大人になったオスカーも泣くんだと思った。当たり前のことだった。

「なんか唐突に情けなさを全開にして悪かったな。ありがとう。セシルは何しにここにいたんだ」

「ちょっとオスカーさんに聞きたいことがあると思ったんですけど、なくなりました。今、ピンと」

「ホントか？」

「ホントです」

「そうか」

セシルをじっと見て、オスカーが笑う。少し照れくさそうに。どこか、すっきりしたように。

「……ありがとうセシル。ポスケッタのやつらはみんなして妙に俺を持ち上げるし、最近はニコルがやたらと俺を尊敬する目で見るだろう。俺は、俺が本当はそんなものじゃない、本当はそんなにたいしたやつじゃないってことを、きっと、ずっと、誰かに聞いてほしかったんだ」

「はい。情けないオスカーさんを聞かせてくれて、ありがとうございます」

また、なんとなく沈黙。穏やかな空気の中で、瞬く星を二人で見上げた。

おやすみを言い合い、別れ、セシルは自分の部屋に戻る。

いつもお母さんみたいで、男らしくて力持ちで、真面目で立派なセシルの上司。セシルにとって神様みたいなオスカーは、やっぱり神様ではない。何かがあれば傷つき痛む、ただの生身の男の人だ。どんな人だって弱るときもあれば、泣きたいときだってある。

人が、弱さを誰かに見せるには大いなる勇気が必要だ。相手への、充分な信頼も。

いつかセシルがそれを見せたから、オスカーはセシルを信じて今日、自分の痛いところを見せてくれたのかもしれない。信じている相手に痛みを隠されるのは、とても悲しいことだから。

それを教えてもらえて嬉しいと思うと同時に、ズキリと胸が痛んだ。

「……」

今日はもう寝てしまおう。真っ暗な自分の部屋のベッドに飛び込み、もぐりこんで、セシルは目を閉じた。

六章✦コンクール

ようにに」

「ああ。再来週、俺とセシルで行ってくる。万が一どっちかに何かあっても、乗り手を交代できるように」

「コンクール、ですか」

夕食の時間。今日は平たく伸ばした生地を何層にも重ね、生地と生地の隙間に野菜とひき肉をトマトで煮詰めた赤いソースが挟まってるやつだ。上にチーズをたっぷりとかけて、表面に美味《おい》しそうな焼き色が付くまでこんがりと焼いてある。一口分をフォークで割って持ち上げると、細く長くチーズが糸を引く。

パンとスープ。セシルたちがいない間にアランがどっさりと採りたてを差し入れに来てくれたそうで、スープにはたっぷりと夏の野菜が沈んでいる。具の鶏肉《とりにく》も、野菜も、口に入れた瞬間にほろほろと溶けそうなくらいじっくりと煮込んであるのに、一切の濁りがない。キラキラ輝く宝箱みたいだ。野菜それぞれの味が濃くて、甘い。

オレンジ色のジュースはすり下ろされた野菜のやつだ。こちらもまた甘い。

塩分が、栄養が、汗をかき続け体力を奪われた体に指先まで沁《し》み渡る。泣きそうだ。

アブラハムはメインの薄い生地を重ねた料理が好きだ。大きいお皿にあるそれをみんなでケーキのように分けて食べるから、まだおかわりができるか心配なようで、チラッチラッとときどき目が動いている。

「頑張って人を増やすから、来年はニコルも行こうな。もちろん飛んでだ。いろんな牧場のランフォルが出るから、勉強になるぞ」

「……はい！」

嬉《うれ》しそうにニコルが笑う。若い男の子らしい旺盛な食欲と、憧れに輝く顔が眩《まぶ》しい。

「あっちには泊まるんだろう？」

「はい」

アブラハムに聞かれたのでセシルは頷《うなず》いた。コンクールが開催されるパラディの町は中央ほど遠くはないが、コンクールで力を発揮してもらうために、コールサックには充分羽を休める時間を取ってもらわなくてはいけない。前日のうちに到着し、ランフォルが泊まれる宿で休ませ、ゆっくりと最後の調整をする予定だ。

「コンクールって何をするんですか？」

「『育て』を終える歳《とし》のランフォルは、飛行の速さと正確さ、気性、人への態度、従順さを見られる。指定されたルートを、それぞれのチェックポイントに置いてあるものを回収しながら、会場に戻ってくるまでの速さを競う。これを二回。仕上げにずらっと並べられて、買い手が売主に質問したり、間近でランフォルを観察したりすることができる。最初から毛の色で絞るような極端なところもあるくらい、買い手の好みもいろいろだ。予算に限りのあるところはもともと人気のあるランフォルを諦めてるから、意外と順位がよくなくても買い手はつく。でもやっぱり上位を取ったほうがたくさん声がかかるぶん、買い手を選べる」

「選んでいいんですか？」

「ああ。買い手がつけた値段、相手の専門がそのランフォルの気性や方向性に合ってるかなんかを考えながら、どの買い手に譲渡するかを売り手が選べる。売り手にとっては良心的な仕組みだけど、これもまた、悩みどころだよ。考える時間も短いしな」

「へえ」

「訓練所で目に留まったり、直接牧場に見学に来てもらって交渉することもあるからコンクールだけが買い取ってもらう道じゃないけど、やっぱり上位に入るとランフォルも嬉しそうだよ。きれいな首飾りを贈られて、やったぞって顔してるから、きっとランフォルもわかってると思う」

「上位に入ればそれまで縁もなかったところから声がかかることもあるしな。牧場の名にも箔《はく》が付く」

「へえ……」

わかったような、わからないような、という顔をニコルがしている。その様子に、セシルとオスカーは目を合わせて笑った。いろいろと語ったけれど、あの華やかさ、にぎやかさ、出番を待つ間の独特の緊張と競技中の興奮は、やっぱり一度あそこに行って、出場してみないとわからない。

一年後が楽しみだなあとセシルは笑う。今雛《ひな》のみんなが立派になって、ニコルもきっと一人で飛べるようになっているだろう。きっともっと人も増えてにぎやかで、卵もいっぱい拾いに行って、雛もたくさん。クアクアクアクアだ。

そんなことを考えていると、セシルは思わず笑顔になってしまう。

「なんだセシル」

「想像しちゃいました。一年後。楽しみですね」

ムズムズした笑いをこらえきれないセシルの顔を見て、ふっとオスカーが優しい顔で笑った。

「ああ」

一年後。毎日こんなふうにみんなでごはんを食べて、たくさん話して、一生懸命ランフォルのお世話をして飛んで、抜けた雛の毛を手をつないでみんなでふみふみしていれば、きっとその日は来るのだろう。

伸びるチーズを見る。きらきらと揺れるスープを見る。食器の音を聞き、皆の顔を見る。

毎日が明るい。あったかくて楽しい。セシルはここにいる限り、もう暗い部屋の中で、一人でごはんを食べなくていい。

「……あれ」

ぽろ、と涙が落ちて驚く。指で押さえる。

「?」

止まらなくてもっと驚く。オスカーとニコルがこっちを見ている。

おかしい。今セシルは、とても楽しいことを考えていたはずだ。

オスカーが額を押さえた。

「……抱き締めろニコル」

「俺じゃないでしょう！」

珍しくニコルがオスカーに反論している。あれ？　あれ？　と首をひねりながら、セシルは今自分の胸にあるこの気持ちを表す言葉を探す。

あたたかくて、とても大切。なのになんだかもったいないようで、泣きたくなってしまうような懐かしい気持ち。

「すいません。なんか、……幸せだなあって」

「……」

「美味しいごはん食べながら、一年後の話を、誰かとしていいんだって……一年後、きっとそうなってるって普通に思えるのって、すごく幸せだなあって思ったら、……すいません。なんか、出ちゃいました」

「……」

「オスカーさん！」

「……」

「オスカーさん!!」

固まったようなオスカーとオスカーの背中をバンバン叩《たた》きながら慌てているニコルの前でごしごしっと涙を袖で拭い、セシルは笑う。

「すいませんでした。続けましょう」

「……」

「……」

アブラハムがあの料理の二回目のおかわりをしている。

オークランスの美味しい晩餐《ばんさん》が続いていく。


「よ」

声がしたのでニコルは顔を上げた。

柵の向こうでピオが金の髪を揺らし、にかっと笑ってこっちに手を振っている。ニコルは手を止めて笑い返し、滴る汗を首に巻いた布でぐいとぬぐった。

『コンクール』、ついに前々日。オスカーとセシルはコールサックの体調を気遣いながら飛び、羽の手入れをし、様子に細かく気を配っている。つまり、いつも通り。

彼らはいつだって、全てのランフォルにそうする。コールサックに乗る回数だけは少し増えて、オスカーとセシルが交代で飛んでいる。

ピオはときどきこうやって顔を出す。たいてい何かの仕事の帰りだったり、用事のついでだったりだ。この年下の頭の回転の速い少年を、ニコルは嫌いじゃない。むしろ好きだし、尊敬している。察しがよく気の利いた言葉がぽんぽん出るところは、是非見習いたいと思う。

「ピオ。おやつがあるよ。一緒に食べる?」

「俺はりんご持ってきた」

「じゃあ半分ずつ交換しよう」

ちょうど休憩の時間だったので、ニコルは手に持っていたクワを立てかけて柵の戸を開けた。

遠くでフラーゴラが地面をつんつんしている。あっちを飛んでいるのはネルケだ。最近ネルケはよく飛ぶ。

それを見上げていて、なんだかふっ、と急に不思議な気持ちになった。この緑の開けた場所に、今自分が当たり前のように立っていることにだ。

瑞々しい草の香り、水のにおい。顔にかかる影を感じて手をかざし上を向けば、大きな美しい鳥が、悠々と羽をはためかせて空を飛んでいる。

その下で作業着を着て彼らのために掃除をし、餌の準備をし、訓練をし、寝床の藁《わら》を整えている。毎日おなかいっぱいごはんを食べて、美味しいおやつを食べながら。広い部屋の床に腹を鳴らしながらはいつくばって、涙を落とさないよう歯を食いしばって、床を磨いていた自分がだ。

「どした?」

「……ううん」

二人して草の上にそのまま座る。柵のわきに置いておいた籠から紙に包まれたものを取り出し膝にのせる。紙を取れば、四角いパンで挟んだ照り照りの肉が覗《のぞ》く。

「うまそ!」

「ね」

ちょうどよく二つに切ってあったので片方を渡した。ピオがニコルをじっと見る。

「……普通に半分くれるんだよな」

「えっ……ダメ？」

「ダメって言うか……」

もとはといえばニコルだってオークランスからのもらいものだ。ピオは今日もたくさん働いておなかが減っているだろうし、自分たちはもともと何もしなくたって、いくら食べても食べ足りない。

「もらいにきたわけじゃないからな」

「うん」

少し何か言いたそうな顔で受け取り、顔を上げて青い目がニコルを見た。

「ありがとう」

「どういたしまして」

にかっと笑う。こういう切り替えの早いところはピオのいいところだと思う。

うまそ〜、と手の中のものを嬉しそうに見て笑っている顔は、まだ子どもだ。交換こにピオが差し出してくれたりんごを、ニコルは後で食べようとポケットに入れる。

しばし二人とも黙って食べた。甘くて辛くて濃いのが肉から滲《にじ》み出して、口の中が幸せだ。ゼフさんのごはんはなんでいつもこんなに美味しいんだろうと思う。

「オスカーさんとセシル、明日からどっか行くんだって？」

ぺろりと食べ終え指を舐《な》めてから、ピオが言った。

「うん。コンクール。明日は二人で泊まりだって」

「へえ！」

「……」

「……」

パッと輝く笑顔から徐々に難しい考える顔になり、なんとなく二人とも黙ってしまった。なんとなくだ。

「オスカーさんってさぁ……」

「うん……」

「……」

「……うん」

「あ」

「え？」

噂《うわさ》をすれば、オスカーが遠くから歩いてきた。二人はなんとなく木の茂みに隠れた。なんとなくだ。

オスカーが上を向いて足を止めた。なんだろう、と思ったら、その隣にふぁさりと大きなものが降り立った。太陽の光を跳ね返し、羽がきらりと輝く。銀色のランフォル、コールサックだ。

コールサックの背中から軽い動きで人が降りる。華奢《きゃしゃ》な体、ふわりと揺れるあたたかな金色。

地面にしゃがみ込み、コールサックの体を隅々まで観察してからその人、セシルは立ち上がった。

オスカーが何かを話しかけ、セシルがそれに答える。

同じような作業着なぶん、二人の体格差が目立つ。セシルのきらきらと輝く水色の目はまっすぐにコールサックに向けられている。

セシルが一生懸命オスカーに何かを言っている。頬が赤いから、きっとコールサックを褒めているのだろうと思う。手を伸ばしコールサックを撫《な》でるセシルの後ろからオスカーが腕を伸ばし、同じくコールサックを撫でた。青い目はコールサックを見てから、ふっとセシルを見た。とても優しい、慈しむ色で。

「……」

「……」

目のいい二人はしゃがんで頭を抱えている。何故《なぜ》こんなにもいたたまれないのだろうと思う。彼はただ、彼女を見ているだけなのに。

「……モテるんだよね？　オスカーさん」

「あったりまえだろ。ポスケッタの独身の女はみんな狙ってる。金持ちで、若くてあの顔だぞ。忙しいからめったに顔出さないけど、一人で町でもぶらぶら歩いてみろ。あっちの角でこっちの角で女にガツガツぶつかられるって」

「……だよねぇ……」

「うん……」

「………なのに」

「言うなよ！」

くっ……と二人して自分の顔を手で覆って隠した。なんとなくだ。

「……ランフォルを、好きすぎるんだ」

「うん……」

「……」

「……」

「わっ」

「わあっ」

いきなり茂みをかき分けられて二人は跳び上がった。二人の間で、髪の毛に葉っぱをつけたセシルが笑っている。

「びっくりした！」

「ごめん。何してるの？」

「休憩中だよ。オスカーさんは？」

「みんなのおやつ。おなか減ったなあ」

「セシルのおやつは？」

「もう、山で食べちゃった」

「食う？」

ピオがりんごを出した。ぱっとセシルの顔が輝く。水色の目が目の前のりんごに釘付《くぎづ》けになり、ごくんと白い喉が動く。すごくわかりやすい。

「……ピオのおやつでしょう？」

「まだあるよ」

「俺ももらいました」

「……」

セシルは頷く二人を見比べ、おずおずと手を出し、りんごを受け取って嬉しそうに笑った。りんご一つでこんなに嬉しそうな顔をしてくれる年上のこの人を、ニコルは可愛《かわい》いと思う。

皆で地面に足を投げ出して座り、りんごを各自の服に擦《こす》り付けてからカシュッとかじる。少し小さくて酸っぱいが、さわやかで美味しい。

「美味しいね」

「はい」

「ん。でもやっぱもうちょっとだったな。熟す前に落ちちゃったやつだ」

「酸っぱくて美味しいよ」

草の上に座って、皮を剝《む》きもせず、空の下。上品さなんてかけらもないけれど、りんごはきっとこうやって食べるのが一番美味しいと思う。

隣に座る人を見る。もぐもぐ動く彼女の口の動きに合わせふわふわと金色の髪が白い肌を縁取りながら揺れる。空の色を映したような大きな目は今、どこか遠くを見ている。

彼女が今何を考えているか、ニコルにはわかる。コールサックのこと、アルコルのこと、ランフォルたちのことだ。いつだって彼女はそれでいっぱいなのだ。

二人がいつか結婚したらいいなと、ニコルは思う。

でもニコルは、今のセシルも、オスカーも好きだ。二人が好き合って、二人の何かが今と大きく変わってしまったら、なんだかちょっと寂しいなとも思う。

それでもオスカーなら、とも思う。きっとセシルの、このランフォル大好きな気持ちごとセシルを大事にしてくれるはずだと。だってオスカーはきっと彼女のそういうところも好きになったはずだから。えらくて力が強いのに、それを使って無理に自分のほうを向かせようとなんかしない優しい人が、セシルから、セシルがこんな大事にしているものを奪うはずがない。

「休憩したら、お掃除しようニコル。ピオはもうお仕事終わった？」

「このあともう一件。忙しいんだぜ、俺」

「そっか。ピオはえらい」

「貧乏なだけだよ」

さらりと言って笑うピオと、手を振って別れる。セシルがニコルを見た。

「お掃除が終わったら誰かに乗せてもらおう。うん、今日はネルケにしようか」

「はい！」

嬉しくて勢いよくしてしまったニコルの返事に、セシルが顔いっぱいで嬉しそうに笑う。こうやって誰かにランフォルの素敵さ楽しさを分けられるのが嬉しくて嬉しくて、たまらないというように。とっても幸せそうに。

強い風が吹いた。草がざわめいて舞い、セシルの髪が揺れる。流れた雲が太陽にかかり、世界がわずかに陰る。

笑みを消し、水色の目がふっと遠くを見る。今日の風向きと風の強さ、ネルケの体調を思っているのだろうことはわかるのに、どうしてだろう、いつもこんなときニコルは何故か無性に不安になる。瞬《まばた》きしたらセシルが、消えてなくなってしまいそうで。

そんなわけないと首を振る。セシルはこれからもたくさんのことを教えてくれて、一緒にいっぱい練習して、働いて、来年は一緒に飛んでコンクールに行く。ニコルがまだ知らないランフォルの楽しいところ、素敵なところを、ニコルはこれからもこの人にたくさん教えてもらうのだ。

「……そうですよね？」

「ん？」

「いいえ」

振り向いてニコルを見た明るいセシルの顔に、ニコルは頭を振る。理由のわからない、漠然とした不安。こんなのはきっと、ニコルの気のせいだ。だって今、毎日はこんなにも楽しくて、にぎやかで、幸せなんだから。

頑張れオスカーさんと思う。いつかきっとそうなる二人の形が、きっと優しいものであってほしい。誰も痛みも悲しみもしない、穏やかなものであってほしい。

ニコルはこのオークランス牧場が、ここの人たちが大好きだ。ここでずっと、みんなといっしょに、今日も楽しいね、美味しいね、幸せだねって笑っていたい。

「コンクール頑張ってください。お土産話、待ってます」

「うん。いっぱいするから、待っててね」

「はい」

笑い合って歩く。さっきと違う穏やかな風が吹く。

「ワッチマルマル」

「ワッチマルマル」

声を合わせ、力を合わせ、働く。今日もオークランスはにぎやかで忙しい。


「壮観！」

セシルは飛んでいる。カラフルな家々を見下ろす、パラディの空を。

あっちにも、こっちにも、ランフォルの翼が見える。さまざまな色、大きさ。いずれもその背中に、人が跨《また》がっている。

皆、それぞれの牧場カラーの公式な型の騎乗服姿。これだけの数の牧場のランフォル乗りが集うのは、コンクール以外にないとセシルは思う。

こんなに飛んでいたらぶつかるのではないかと思われるかもしれないが、不思議にランフォル同士がぶつかることはない。微妙に進路、高さを変え、上手《うま》くよけ合うのだからすごいなあと思う。

色とりどりの旗が町のいたるところにある。コンクールのあるこの時期は、町にとってもお祭り期間だ。屋台や食堂は大盛況、宿は満員御礼。

この町の人たちは皆、ランフォルに詳しい。詳しくて扱いが上手いほど、この時期稼ぎのいい仕事ができるからだ。

ランフォルで降りていい場所で、オスカーとセシルは、コールサック、アルコルの背から降りた。セシルは今日も、アルコルの体をすみずみまで確認する。

どきどきしてオスカーを見る。オスカーだって似たような顔だ。緊張と、自分の自慢のランフォルを披露する誇り。いい人に見つけてもらえるだろうかという期待と不安。どきどき、わくわく。そわそわ。道行くランフォルを連れた人たちみんながそんな顔だ。

「緊張しますね」

「ああ」

互いの胸にあるわくわくがわかるから、目が合うと笑ってしまう。オスカーもセシルも揃《そろ》いの騎乗服だ。乗馬服に似ているが、飛ぶとき見栄えがいいよう上着の裾が長いのが特徴。オークランスの色はきれいな青だった。

「この色を出す染料がポスケッタで採れるんだ。いわばポスケッタ色だな」

「はい。きれいな青。すごくかっこいい」

首紐《くびひも》を引きながら歩む。会場に向かって。

昨日は宿でぐっすりと眠った。本日はコールサックの出場するコンクール、当日である。

時間を競う競技がコースを変えて二回ある。一回目をセシル、二回目をオスカーで飛ぶ予定だった。

まだオークランスの牧場に入って日の浅いセシルが、こんな大事なコンクールに出ていいのかと驚いたが、いいとのことだった。コールサックの性格が丸くなったのはセシルのおかげだとオスカーは言うけれど、セシルはそうは思わない。コールサックはもともと優しい、視野の広い子だった。セシルはたまたまタイミングがよかっただけだ。

それでもランフォルに乗っていいと言われて遠慮するセシルではない。若手のリーダー。かっこよくてきれいな、コールサックのお披露目。こんなにわくわくすることがあるだろうか。

前方が騒がしい。なんだろうと思っていたら、人が走って来た。

「暴れ馬だ！」

「誰か騎乗して摑《つか》んで放れ」

「田舎成金の高そうな馬だぞ！　んなことしたらいくら請求されるか！　大暴れしてやがる！」

言いながら走る男がアルコルに当たりそうになったのでとっさに前に立ったらぶつかって、セシルは転んだ。

「っ！」

土埃《つちぼこり》が舞い、ごつんと地面に頭を打つ。

ちょっとくらりとしながら、まずい、ここに人が走ってきたら踏まれると思い、セシルは頭を押さえてぎゅっと丸くなる。

ここに馬が来て踏まれたら、じいちゃんとばあちゃんといっしょだなともうっすら考える。

ふわりと体が浮かんだ。

「動くなよ」

優しい声が言い、包むように強く抱かれる。あったかい。

ランフォルとは違う人の体温を、セシルは何年ぶりかに体全体に感じた。


「……う」

「セシル」

「……？」


一瞬意識が飛び、何が起きたかわからず、セシルは目を瞬かせた。

オスカーの顔が、心配そうにセシルを覗き込んでいる。

慌てて自分の体を見る。オスカーに横抱きで抱えられて運ばれている。セシルは慌てた。

「大丈夫です！　下ろしてください お願いします！」

「ダメだ。頭を打ってる。このまま医務室に行く」

「自分で歩けます！　本当に大丈夫です。くらっとしたのは一瞬です」

「ダメだ」

ぎゅっ、とオスカーの腕に力が入った。顔が青ざめている。セシルは暴れるのをやめた。

「……ダメだ」

ああ、ランフォルを失ったとき、家族を失ったとき、この人はこんな顔をしたのだろうと何故か思った。痛いところを痛いと言わない、我慢強く責任感の強い人の、感情を押し込めたような硬い顔。

　思わず腕を伸ばし、いつかのようにその頭を撫でた。そこにあの日の、小さな男の子がいるような気がしたから。

「心配かけてすいません。もちろん、なんにもオスカーさんのせいじゃないです。私が自分で、とっさにアルコルの前に立ったんです。変ですよね、ランフォルのほうが強いのに、馬鹿みたいだ」

「……」

「二人はどこですか？　時間、大丈夫ですか？」

「入口で預かってもらってる。時間はまだ大丈夫だ」

「すぐ二人のところに帰りたいって言ってもダメですよね？」

「ダメだ。一回見てもらう」

「はあい」

　体の力を抜き、セシルは運ばれるのを楽しむことにした。こんなの子どものとき以来だ。

「何笑ってるんだ。一瞬死んだと思ったんだぞ。人の気も知らないで」

「だって元気ですもん。ふわふわして楽しい」

「ああ楽しめ楽しめ。にしても軽いなあ」

「オスカーさんの腕のために頑張りました」

「そりゃどうも」

そうして着いた医務室でいろいろと検査をされて、今のところどこも切れても腫れてもいないし、目や体の反応も特に問題ないということになった。頭痛がしたり、吐いたり、手足に力が入らないようなことがあればまた来るようにとのことだった。

さっき運んでもらった廊下を、セシルはオスカーと並んで歩いている。

「石頭でよかった」

「ひとまずは安心した。何かあったらすぐ言えよ、セシル」

「……」

大丈夫ですよと笑顔で言いかけて、セシルはこちらを見る真剣なオスカーの顔を見てそれを飲み込んだ。

「……」

ぼろぼろっと涙が出る。本当は、目を覚ましたときから気付いていたことだった。

セシルは右手を上げる。

「……手首、痛いです」

「……」

「……乗りたかったぁ……」

涙と、うわあああんという自分でもびっくりするくらい子どものような声が出てしまった。

セシルはずっと、今日を楽しみにしていた。コールサックに乗りたかった。このたくさんの人がいる会場で、優しくてかっこいいコールサックをみんなに見てほしかった。コールサックはいいランフォル、オークランスはいい牧場なんだと、みんなにセシルの大事なものをお披露目したかった。オスカーとお揃いのポスケッタの青い服で、オークランスの飼育員として。セシルはオークランスの飼育員になれて、とっても嬉しかったから。

オスカーの大きい手がセシルの背中を支える。それが優しいせいで、セシルの涙は止まらない。必死で目を閉じ、気持ちを落ち着かせようと息を吸って吐く。

もう大丈夫、と確信してから、セシルは目を開ける。子どものような情けない泣き方を笑いも馬鹿にもしない真摯な青い目が、セシルを見ている。

「乗りたかったな」

「……はい」

「でもダメだ。来年だセシル。いいな」

「はい」

言えばそうなるのはわかっていた。だから隠そうと思った。

でもそれで何かがあったなら。セシルはなんでも自分のせいだと思って背負うこの人の、あの悲しいほどに硬い顔を、もう見たくないと思ったのだ。

「骨か?　戻るか?」

「いいえ、軽くひねっただけって感じです。ちょっと痛いかなくらい。よくあります。布巻いときます」

「そうか。あんまり動かすな」

「はい」

「セシル」

「はい」

「教えてくれてありがとう」

「……はい」

オスカーの目を見返す。まだ涙は出るけれど、後悔はしていない。今日はオスカーとコールサックの見事な飛行を目に焼き付けようと、セシルは涙を拭きながら決意した。


「オスカー」

預かってもらっていたアルコルとコールサックを連れ会場に向けて歩いていると、そんな声がした。

薄茶のランフォルを連れた背の高い男の人だ。オスカーと同じか少し年上くらいで、逞《たくま》しい体つきの赤毛の短髪。優しそうで、頼りがいのありそうな人だ。

「アンゼルムさん」

オスカーが答える。アンゼルムと呼ばれた男は歩み寄り、オスカーとセシルを交互に見て、顔いっぱいににかっと笑ってオスカーの背中をどんと叩いた。

「なんだよ心配させやがって。そうなってるならなってるって早く言えって」

「どうにもなってません。新しく入った飼育員のセシルです」

「セシル＝バルビエです。よろしくお願いします」

「……」

笑顔が消え、とても悲しそうな顔だ。何か悪かっただろうか。

「……違うのか……？」

「違います」

「何がですか？」

「……」

ぽんぽん、とアンゼルムの大きな手がオスカーの肩を叩いた。

そのままがっくりと肩を落とし、無言で去っていく。

「別の牧場の知り合いだ。親同士が知り合いで、ちょくちょく顔合わせてた。まあ、幼馴染《おさななじみ》みたいなもんだな。兄貴と同い年で、俺にああやってすぐに兄貴面してくる」

「へえ」

あの人もポスケッタの皆と同じ。オスカーが心配でしょうがない人たちの仲間だなとセシルは笑う。

「オスカーさん」

「おう」

「頑張ってください」

「ああ。応援頼む」

セシルが差し出した拳に、オスカーが自分の拳をこつんとぶつける。

去っていくオスカーとコールサックの背を見送り、セシルはアルコルを連れ、客席へと向かっていった。

会場は大盛り上がり。観客席で、セシルはアルコルと並んで丸い会場を見ている。

売り手も牧場なら買い手も牧場。ランフォルを知り尽くした人ばかりだ。立派で賢くて速いランフォルはすぐに目を付けられるし、値段も高くなる。

セシルがクビになった前のラルジュ牧場は最後、高い値のつかなそうなランフォルを切り捨てる方針になった。

ベンノさんのときはそんなことなかったのに、定期的に能力を測り、勝手に決めた基準を下回るランフォルを育てることをやめ、自然に放ることにするとある日突然言われたのだ。

そんなことをしたって彼らは牧場を家だと思っているから、当然帰ってくるだろう。どうするつもりだと詰め寄る飼育員たちを、ベンノさんの息子は鼻で笑った。餌をやらなきゃ勝手に探しに行くだろう、と。

目の前に自分が育てたランフォルがいて、おなかをすかせているのを見てごはんをあげないことなんかできるわけがない。次の計測で誰かがそうなったらどうしようと、セシルは一時眠れないほど悩んだのだった。まあそうなる前に自分のほうが放り出されたわけであるが。

「聞いたか、ラルジュ牧場の話」

「ああ聞いた聞いた。大笑いだ」

タイミングよくそんな声がしたのでセシルは耳を大きくした。聞いてない聞いてない。セシルは聞いてない。

「育ての牧場で、まさかの全羽カラス！　馬鹿じゃねえのありえねぇだろうが恥ずかしい！」

どっと男たちが笑う。セシルは自由に空を飛ぶみんなを思い描き、スカッとした。そしてスカッとしたのち悲しくなった。ベンノさんは大丈夫だろうか。

「ブチ切れたベンノがその勢いで復活して息子を身一つで叩き出したってんだから面白《おもしれ》ぇ」

「もっと早くそうしとけって話だけどな」

「そこはまあ、情だろうよ。いつかわかってくれるんじゃないか、まともになるんじゃないかって、最後まで信じたいのが親ってもんだ。ま、そのせいで築き上げてきたもんが全部パアだけどな。さすがにもう牧場は無理だろうけど、食ってくくらいはできるだろう」

そうだ。ベンノさんはお金持ちだ。土地も広いし、ごはんに困ることはないだろうと少しだけホッとする。

それでも、寂しいだろうなと思う。ベンノさんは口にはしないけど、ランフォルのことが大好きだったから。

切り捨てられなきゃいけないランフォルなんていないとセシルは思う。ランフォルの中では多少何かが劣っていたとしても、人に比べれば圧倒的に速く、格段に力持ちで強いのだ。臆病と言われるランフォルでもその敏感さ、繊細さが役に立つ仕事はいくらでもある。その子に合った方法で育てて、その子に合った道に進んでもらえばいいだけ、やらないほうが悪いだけだ。

「出てきたぞ」

その声に顔を上げる。ふわっと会場の空気が揺れる。太陽の光が大きなものに遮られ、見上げている人たちの顔に影ができる。

手のひらをかざし、目を細めながらセシルはそれを見る。この入場シーンはいつ見てもいい。さまざまな色のランフォルが頭の上を舞い、羽を広げている。一羽、また一羽と、自分の名前の書かれた丸の中に着地し、騎乗者が降りて礼をする。ちゃんと丸の中に止まれているかも、皆が自然に観察している。

やがて今回の組全員が出揃った。二十組弱というところだろう。競技は時間で区切って出場者が入れ替わり、お客さんたちは一日の最後に希望の紙を出す。

皆若いランフォルだ。そわそわと動いたりお客さんを気にしたり、乗り手に甘えたりしているものがいる中で、コールサックは堂々としていた。白銀の羽根が太陽の光にきらきらと光る。王様みたいだとセシルは思う。

オスカーがコールサックの体を確認し終え、立ち上がって礼をした。こちらも堂々としていてかっこいい。そうか、オスカーさんは姿勢がすごくいいんだなと、セシルは思わず背筋を正した。

背が高いし足が長い。体格がいいから見栄えする。身内びいきもあるとは思うが、つい目がそちらに行ってしまう。

「2、7、13ってとこか」

ぼそぼそと男の人たちがしゃべっている。7がお勧めですよとセシルは念を飛ばす。

入口で渡された紙の中から、セシルは二枚を広げた。今日ランフォルたちが飛ぶコースの地図が二つ。

さすがのいやらしさだとセシルは震えた。ただ飛ぶだけではなく途中途中、合計五枚のカードを拾って帰ってこなくてはならないのだが、カードの近くにランフォルの気を引くトラップがある。

旬の果実がきらきら光る果樹園の中、飛ぶと自分の体が映って楽しい滝の裏。転がして遊ぶと楽しい大きな綿毛をつけた花畑のど真ん中、ついつい捕りたくなっちゃうきれいなお魚のいる池の横。若いランフォルたちは楽しそうなものの数々の誘惑に耐え、乗り手の指示に従えるだろうか。

乗り手たちがそれぞれのランフォルに跨り、隣同士で金具を確認し合っている。基本相手にそれを請われたら、快く応じるのが乗り手のマナーだ。今は敵とはいえ同業者同士、いつ何かでお世話になるかもわからない。ルールを守って紳士的に行きたいものだ。

全員分の乗り手の右手が上がった。準備よし。じっとセシルはオスカーを見る。笛をくわえたまま、オスカーはわずかに微笑《ほほえ》んでいた。手のひらが優しくコールサックを撫でている。

『頑張れコールサック』とは、オスカーはきっと言ってない。

『いつもどおりな』だろうか、『気楽に行こう』だろうか。セシルの上司はそういう人だ。

やがて人でも聞こえる笛が短く一回鳴った。全員分の手が下ろされ、それぞれ笛をくわえ、首紐を握る。ピーッと長い笛が鳴った瞬間に、ゴウッと風が吹き上がった。

「ああ。いい景色だなあ」

男の人の声にセシルは頷く。本当に、何度見ても泣きたくなるくらい、いい景色だ。

大きな体が天上に向けて飛翔《ひしょう》する。重さなんか知らないよと、軽々と羽をはためかせて。

あんなふうに飛べたらどんなに楽しいだろう。ランフォル乗りじゃない人たちから見たらセシルたちも、ひょっとしたらそんなふうに思われているかもしれないと、セシルは初めて思った。

飛び立つ瞬間、オスカーが笑っていたのをセシルは見た。あんな楽しそうな、嬉しそうな顔をするオスカーに、同じ乗り手として思わず嫉妬さえしてしまいそうだった。

皆が戻ってくる前に、今回の出場者のリストを見る。名前、雌雄、年齢、身長、体重。所属する牧場、担当する飼育員の名前などがそこに記載されている。

コールサックのところを見る。オークランス牧場、担当飼育員　オスカー＝オークランス、セシル＝バルビエ。

「……」

こういうところが、オスカーなのだ。

セシルは今までここに名前を載せてもらったことがない。若くて、女で、実績がないからだ。セシルが傷だらけになって雛から育てたランフォルでも、セシルよりも経験の長い上司の名前がここに入るのが、これまでセシルにとってはずっと当たり前だった。

じっと見ていたら紙に涙が落ちてしまったので、袖で拭う。アルコルが心配そうに見てくれるので首を抱き、撫でる。優しく髪を食《は》まれる。

溢《あふ》れても溢れてもずっと胸があたたかいものでいっぱいで、セシルはそっと目を閉じた。

どれくらい経《た》っただろうか、遠くでカアンと鐘の音がした。先頭のお帰りだ。

「速いな」

誰かが言った。なんせ若手のランフォルのコンクールだ。個体によって差はあれど、まだ全員に子どもが残り、ときどき指示に従えないこともある時期。そのあたりはこれから大きくなって人と過ごす時間が積み重なれば自然に解消されるので、今の段階では割と大目に見てもらえる。人を背に乗せその言葉を聞くのが当然であり、そうしながら人と暮らしたいとランフォルに思わせるまでが育ての牧場の役割だ。

祈りながら胸を押さえ、セシルは天を見上げた。二羽が並び、ぐうんと高度を下げ会場に滑り込んでテープを切った。薄茶と銀色。赤いテープは薄茶のランフォルのくちばしがくわえている。そのままぐるぐると会場の上を飛び、やがて着地した。

薄茶のランフォルの背中で赤毛の短髪の男性が嬉しそうに笑い、白銀のコールサックの上でオスカーがものすごい悔しそうな顔をしている。

へえ、そんな顔もするのかとセシルは思った。セシルたちに対してはいつも大人みたいなどこかしら余裕のある態度なのに、今のオスカーは、友達に負けて悔しがっている少年の顔そのものだった。

負けちゃったねオスカーさん、とセシルは笑った。もちろんオスカーもわかっているとは思うがほぼ同タイム。それほど声掛けの内容に変わりはないだろう。

それでも悔しいのだ。オスカーはランフォルが、コールサックが好きだから。うちのコールサックはどうだと自慢したかったから。

コールサックの全身をくまなく確認し立ち上がったオスカーの手を、一位を取ったアンゼルムが取り、二人は同時に礼をした。会場に拍手が響く。やっぱり悔しそうな顔で、オスカーがアンゼルムを見て笑っている。

その後行った二回目の飛行でもアンゼルムが一位、オスカーが二位だった。ずらりと輪になって並ぶときはセシルもコールサックの横に立って、買い手たちの質問に答えた。好きな食べ物、気質、飛び方の特徴。次々と来る質問に、なるべく丁寧な言葉で答えていく。

水が得意かと聞かれたとき、オスカーがなんと答えるかセシルはドキドキした。ホースの水を浴びたあの日から比べてもずいぶん大きくなって、もう濡《ぬ》れても嫌がったり飛ぶのをやめたりはしないけれど、コールサックは内心嫌なはずだった。なんとなく顔でわかる。

『飛行に支障をきたすことはありませんが、苦手な気質です』

あっさりとオスカーは真実を言った。これで手を下ろす買い手があったとしても、オスカーはそれでいいと考えているのだ。コールサックが気持ちよく、働きやすい場所で働けることを優先して。

牧場主らしく堂々とした落ち着いたオスカーの大人の顔を、セシルは思わずじっと見つめていた。

次々来る質問に答えて、宿に戻った頃にはへとへとだった。セシルは乗っていないのに。

「セシル」

「はあい」

オスカーの声だったのでセシルは答えた。ちなみにアルコルとコールサックはランフォル用のお宿に預けてある。この町の人たちはそれぞれがランフォルの専門家みたいなものだから、ランフォルを甘やかすのがとっても上手だ。大好きな食べ物に、面白いおもちゃと気持ちいいちょっといい藁。もう訓練なんていやだ、おうちに帰らないよって言われたらどうしようと心配になるほどだ。

扉を開けると、オスカーが立っていた。私服だ。

「せっかくもう一泊にしたんだ。のんびり飯でも食おう」

セシルの手首を案じてオスカーがそうした。

「はーい。着替えて、部屋に呼びに行きますね」

扉を閉め、鞄《かばん》を前にしてセシルは固まる。騎乗服と作業服、寝間着しか服を持ってこなかった。

仕方なく着替え用の騎乗服のシャツを着る。暑いしジャケットはいいだろう。オスカーの部屋に向かう。夕焼けの中、連れだって町を歩く。

前からセシルと同い年くらいの女の子たちが歩いてきた。楽しそうにおしゃべりをし、笑いながら。皆明るくて華やかな色の、ふわふわした服を着ている。可愛い靴を履き、長い髪の毛を思い思いに結っている。それが流行なのか、彼女たちの唇の紅が鮮やかに赤い。髪飾りがきらきらと光り、アクセサリーがしゃらしゃらと音を立てている。もちろん男性みたいなシャツ、ズボンなんか誰も着ていない。すれ違うとき、甘やかな花のようなにおいがした。

「……」

セシルは俯《うつむ》いた。

今までこんなことなかった。男物の服で、髪が短くて、泥だらけで汗まみれのひとりぼっちでも、セシルはランフォルさえいればそれだけで幸せだった。

急になんだろうと、自分に戸惑う。

「どうした？」

「いいえ」

胸がざわざわする。昨日と何かが変わってしまいそうなすごく怖い感じがする。夕陽《ゆうひ》の赤はセシルにとって嫌な知らせを運ぶ怖い色だ。

そんな赤の中、背の高い男の人が振り向いて止まり、セシルが追いつくのを待っている。優しい目を持つ立派な体格の、年上の男の人。

苦労性で貧乏くじをよく引く、真面目で、責任感の強い、とっても優しい人。

女の子たちの何人かが、すれ違いながらオスカーを見ていることにセシルは気付いた。

「……」

青い目はまっすぐに、セシルを見ている。

どうしよう、本当に泣きそうだとセシルは思った。

ざわざわ、ざわざわと、セシルの知らないものが胸で知らない音を立てている。

ポスケッタ、赤い屋根の家。

らんらんらん、と歌いながら、アデリナは夕飯用のスープを大きなスプーンでかき混ぜている。

オスカーとセシルが一昨日コンクールから帰ってきたらしい。

なんと二泊したそうだ。二泊だ。若い男女が同じお宿で二泊。

毎日同じ場所で寝起きしているんだから普段と変わりないではないかと言われてしまえばそれまでだが、やはり旅行先というのは開放感が違うだろう。さすがにそろそろ進展があってもいいだろうとアデリナは睨《にら》んでいたので、実に嬉しいイベントだった。

あとで何か口実を作って遊びに行かなくっちゃと思っていたところに、ノックの音がした。

「はあい？」

開けると、女の子が立っていた。華奢な体、白く滑らかな肌に、蜂蜜色のつやつやな短い髪。目が大きくてまつ毛の長い、ほっぺたピンクのとっても可愛い女の子。

「あらやだセシルちゃん、いらっしゃい！」

勢いよくそう言ってから、アデリナは彼女の表情に気付いた。

眉を寄せ、唇を引き結び何かを耐えている。それでも涙が、やわらかそうな頬を伝っている。

「……」

ああ、とアデリナは思った。

窓は、開いたのだ。

静かにその背を、ぽんぽんと叩いた。

「入ってちょうだい。美味しいお茶をいただいたから、いっしょに飲みましょう」

「……」

ぱたんと扉が閉まった。


コンクールから帰って二日。セシルは戸惑っていた。

何かがおかしい。普段通り起きて、食べて、ランフォルたちの世話をすることはできている。なのにオスカーにだけ、今まで通りに接することができないのだ。

ちょこちょこ変だなと思うことはあったが、決定的なのはネルケの二人乗りの訓練だった。前に座ったオスカーの広い背中に、セシルはどうしても、抱きつくことができなかった。

ニコルのための、ネルケのための、大切な訓練だったのに。

混乱しているセシルに、きっとコンクールの疲れが出たんだろうと皆が言った。今日は早めに上がって休んだほうがいいと。

役に立てないのならそこにいても邪魔なだけなので、とぼとぼとセシルは屋敷に戻った。それでも何か役に立ちたくて厨房《ちゆうぼう》に行ったら、アデリナさんへのお使いものがあると聞いたのでお使いを引き受けた。ほかに相談できる人が、思い当たらなかったから。

それでもアデリナの明るい顔を見たら何も言えなくなった。なんだか自分の今の状態がすごく馬鹿みたいで、とても恥ずかしいような気がして。

お茶と焼き菓子がテーブルのお皿の上にのっている。いつもなら喜んでぱくぱく食べるだろう自分の指がそこに伸びないことに、セシルはやっぱり戸惑っている。

アデリナがティーポットを傾ける。湯気を立てながらお茶がカップに満ち、一つがセシルの前に置かれた。

「コンクールは楽しかった？　セシルちゃん」

「はい。楽しかったです。とっても。コールサックがすごくかっこよかったです」

「ふうん。『コールサック』だけ？」

「……」

「かっこよかったのはランフォルだけ？　セシルちゃん」

「……」

何を言ったらいいのかわからない。自分でなんにもわかってないからだ。

セシルが答えないので、しばし沈黙が落ちた。アデリナがティーカップを持ち上げて口に運び、置いた。

「嫌なことや、怖いことはなかった？」

問われて動揺した。たくさんあったからだ。でもそれらはやっぱりばらばらで、ぐちゃぐちゃだ。言ってもいいのかなとアデリナを見れば、焼き菓子を口に運び、あら美味しいわセシルちゃんも食べてと勧めてくる。

おずおずと一つ口に運ぶ。本当だ。美味しい。

甘いものが、少しだけセシルの口を滑らかにした。

「……急に、可愛い服を着た子が、羨ましくなったのが、嫌でした。今までそんなの欲しいって思ったこと、なかったのに」

「そう」

「今までできてたことが、できなくなるのも嫌です。ランフォルがいればそれでよかったのに、そうじゃなくなるのも嫌だ」

「そうなのね」

ぽろぽろと涙が落ちた。

「……ちゃんと一人で、生きられたのに。一人でもちゃんと幸せだったのに。そうじゃなくなるのが嫌だ……」

「ええ」

「……欲しいものが増えるのが、変わっちゃうのが、弱くなるのが、全部、こわい……」

「……」

目をぎゅっとつぶってセシルは泣いた。いきなり押しかけられて、こんな支離滅裂なことを言われるアデリナは迷惑だろうと思うのだが、止まらない。

やわらかな手のひらがセシルの背中をさする。優しい。

それ以上続けられないセシルを、アデリナの手は優しく撫で続けた。

「私も、少しだけ、怖いものの話をしていい？　セシルちゃん」

「……はい」

セシルはアデリナを見た。笑っている。

「昔、若い女の髪結いがいたわ。あんまり家庭に恵まれず、早くに家を出て、早く腕を上げたくて必死で働いて心が疲れているうちに、変な男に引っかかっちゃった。初めての男だったから入れ込んで、貢いで、いつの間にか借金だらけ。髪結いの仕事じゃ返しきれなくなって、夜の仕事も始めて、そのうち夜が中心になって、ついに夢だったはずの櫛《くし》を置いたわ。必死で働いて貢いで世話している彼女を、彼は容赦なく殴るの。これっぽっちじゃ博打《ばくち》の元手が足りない、もっと稼いで来いって。酒が足りないって。お前が立てる音がうるさいって。その目つきが気に入らないって。殴ったあとは必ず猫なで声で、ごめん、愛してるって彼女に囁《ささや》くの。一度派手におなかを殴られたあとぐんぐん痛くなって血が出ても、彼は丸まって唸《うな》っている彼女をほったらかして飲みに行った。彼女が稼いだ金を握り締めて」

「……」

「私は彼を愛してる。私は彼にちゃんと愛されてるから大丈夫。彼は本当は優しい人なんだもの。私しか彼を理解できないのだものと、床に転がる虫の死骸を見ながら、彼女は自分にそう言い聞かせた。ある日職場に、彼女の給金を前借りさせろと男が乗り込んだ。必死で止めようとする彼女をいつも通りその男は殴ったわ。倒れた彼女の顔を男が蹴とばそうとしたとき、男は吹っ飛んだ。客の男が、たった一発のパンチで彼をぶっ飛ばしたの」

「……」

「ぶっ飛ばしたのは、都会で出稼ぎ中の田舎者の大工さん。いかにも垢《あか》ぬけなくて、商売女に向けるべきじゃないきれいなものを自分に向けてくる彼が、彼女は少し苦手だったわ。それがあんまりにも眩しくて、純粋だったから。自分には無縁のはずの、きれいでまっすぐなそれが、彼女はなんだかずっと怖かったの。それなのにその瞬間、大好きだったはずの男がくだらないカスに見えて、少し苦手だった男が逞しい頼れる男に見えたの。さんざん殴られても蹴られても変わらなかったものが、一瞬で。窓が開いて部屋一面に光が差したみたいに、ものの見え方ががらりと変わったのよ。彼女は今まで自分が暗い部屋にいることさえ気付いていなかった。本当に馬鹿みたいでしょう」

アデリナの右手が、自分のおなかを撫でた。

「……あたたかい家、おだやかな生活、大きな、優しい愛をもらったのに、彼女はその人の子を産んであげられなかった。過去に愚かな恋をしたせいで。そのとき賢い判断ができなかったせいで」

「……」

セシルはアデリナに抱きついた。必死で首を振る。そんなセシルの背中をアデリナが撫でる。

「馬鹿だった。もっと早くに気付いて、引き返すべきだった。でも、そうしてたら、彼女はきっと今、ここにはいないの。この幸せはなかったの。それならあの間違った恋にも少しは意味はあったのかもしれない。そう思える場所に今いることが、彼女はとても嬉しいのよ」

どんな言葉を返したらいいのかわからない。セシルはこれまで、人とあまり関わってこなかった。

「誰かを想《おも》うことは、とても怖いものだわ。人のそれまでの生活を、性格を、考え方を、びっくりするほど簡単に変えてしまう。想いすぎれば何も手につかず、周囲のことを考えることのできない馬鹿になる。嫉妬で誰かを憎んだり、驚くほどちょっとしたことで気持ちが乱れて泣いてしまう。本当に困った、怖いものだわ」

「……どうしたら、いいですか？」

アデリナは笑った。

「どうしようもないわ。だって何をしようと勝手にそうなるんだもの。世界は何も変わっていないはずなのに、自分だけに見え方が変わるの。それが道を外れたもの、どうしようもない相手なら、自分の足で相手と距離を置くしかない。そうでないなら、それができないなら、相手が同じ思いで自分を見つめてくれる幸運を願いながら、また自分の見え方が変わる瞬間を待つしかない。本当に、どうしようもないの。みんなそうなのよ、セシルちゃん」

両手を取られた。ぐるっとアデリナが家の中を見まわす。

丁寧なキルト、素敵なレース。隅々まで可愛らしく、溢れんばかりの愛を持って整えられた部屋。

「このおうちが、愚かな恋と優しい愛を知った、彼女の答え」

「……はい」

「心が向くのが、初めから優しい人だといいわね。誠実で真面目で、自分を大切にしてくれる人だったら、その人と同じ気持ちで向き合えたなら、それはとっても幸せなことだわ」

「……」

また、ぽろりと涙が落ちた。

ある誠実で真面目な優しい人に、セシルは隠していることがある。

じっとアデリナがセシルを見ている。何か言いたそうで、でもきっとアデリナはこれ以上言わない。

なんとなく、全てではないけれど、ぐちゃぐちゃしていたものを言葉に出せて、人に聞いてもらえて、胸のざわざわがおさまったような気がする。

「お料理の邪魔して、すいませんアデリナさん。これ、マルガリタさんから先日のお礼にって」

「あら、お気遣いいただいてありがとう。お礼を言っておいてもらえるかしら」

「はい」

一緒に立ち上がり、玄関まで送られた。

「それではまた。今日の大先輩のアドバイスは何だったかしらセシルちゃん」

「はい。『どうしようもない』です」

「大正解。どうにかしようとしちゃだめよ。だって、どうしようもないんだから」

くすくすと笑って、別れた。

なんだろう。この家を訪れる前と状況なんて何も変わっていないのに、不思議に足取りが軽い。

パラパラと雨が降って来たので慌てて走る。セシルは足が速い。

牧場の長い道を軽やかにセシルが走る。

雨が、ポスケッタに降り始めている。

七章✦黒色に飛ぶ

雨が三日続いた。

雨の日は人を乗せる訓練はお休み。ランフォルは飛べるけど、操る側の人の目が利かないからだ。

ごはんを食べて、訓練して、いつもの散歩の時間はそれぞれ思うように飛んだり、寝そべったり。

食べるごはんの量も、いつもより少なくなりがちだ。

夕飯が終わり、アブラハム、ニコル、マル婆《ばあ》がそれぞれのおうちに帰った。

そうなると、屋敷の中にはオスカーとセシルだけということになる。

最初にオスカーが言ってたのはこういうことか、と、ようやくセシルは理解した。確かにこりゃいかん、だ。なんとなく。

「どうした?」

「あ、大丈夫です。続けてください」

机の上に紙を広げ、二人で順番に見ている。

コールサックに届いた買取りの申込書だ。はっきり言ってかなりいい結果だった。

「輸送、交通、軍に個人所有……だいたい全部来てるな」

「ここって、すごいお高いランフォルを売る牧場ですよね?」

「ああ。その分訓練が厳しいが……」

ランフォルを個人所有できるのなんて、本当のお金持ちしかいない。広い土地、毎日の餌代、専用の飼育員が必要だ。

オスカーが眉を寄せ、悩みに悩んでいる。その顔を見て、セシルは笑った。

「なんだ」

「いえ。……嬉《うれ》しい悩みですね、オスカーさん」

ふっ、とオスカーの顔がやわらかくなる。長い指でくしゃっと自分の髪をかき上げる。

「ああ。嬉しい悩みだ。あのときには想像すらできてなかったよ」

あのとき。家族が病気で死んだあと。愛したものを失い、残った命への全ての責任が自分一人にのしかかったとき、彼は、自分の肩でこの牧場を背負うと決めた。

不幸な病さえなければ、今でも彼の家族がここにいたはずだった。

「……ご家族の病気って、どんな病気だったんですか」

「夏の虫が運ぶ病気らしい。何年かおきに、まるで移動してるみたいにいろんな地域で、なんでか田舎ばっかり発生してるそうだ。虫に刺されて何日かしてから右手の甲にぽつっと赤い発疹《ほっしん》が出て、それが全身に広がって、やがて消える」

「消えるんですか」

へえよかったと思いセシルはそう言った。オスカーが苦しい顔で首を横に振る。

「体の外への攻撃をやめて、中に出始めた証拠だ。出るところで症状も変わる。指先まで血が行かなくなって落ちたり、喉が詰まって息ができなくなったり。早いやつは発疹が消えてから半日ももたなかったそうだ。あっちでも、こっちでも、地獄絵図だったらしい」

「……」

「薬のための設備をくれ、人をくれ。何度も何度も上に嘆願してるのに、本当に何の回答もないそうだ。発生するのが田舎ばかりだから、声が小さくて届かないんだ。……正直俺は、すごく怖い」

「何がですか」

「まだ、なんの原因究明もできてない、本当に別の土地に移動する保証なんてないのに、セシルにここにいてもらうことが」

「……」

「俺はいい。故郷なんだから。みんなだって、家や墓、土地や畑があるからここに住み続けてる。だけどセシルは違うだろう。違う土地から俺が呼んでいてもらってるのに、またあれがここで流行《はや》って、セシルになんかあったらと思うと、ときどきたまらなく怖くなる。早く人を増やさなきゃってそればっかりで、なんにも考えてなかった自分が一番怖い」

セシルは笑った。

「おんなじです。私だって、ここにオークランスの牧場があって、ランフォルがいて、美味《おい》しいごはんと温泉《テルメル》があるからここにいます。ランフォルと、オスカーさんたちといっしょです。自分で選んで、好きだからここにいたくて。寂しいから仲間外れにしないでください」

「……理由の中に優しい上司が入ってないな」

「もちろん、優しくて頼りがいがある上司もです」

「相変わらず位置づけが低い」

「そんなことありませんよ」

セシルは笑った。オスカーを見る。青い目と目が合う。この人こんなにかっこよかったかなと思う。少し頬が熱いのが自分でもわかる。

「……そんなこと、ありません」

「……」

ダメだ。沈黙が痛い。前までそんなことなかったのに。思わず顔が下がってしまう。

これもどうしようもないのかなと思ったところで、視線の先にあるものを見つけ、セシルは固まった。

「オスカーさん」

「ん？」

「……右手」

オスカーが自分の右手を見た。甲に赤い発疹が一つ、浮いている。

「……えらく間がいいな。それこそ虫にでも刺されたんじゃないか？」

言いかけたオスカーとセシルの前で、一つ、ぽこっとその隣に発疹が増えた。セシルは立ち上がる。

「動けるうちにベッド行きましょう。悪いけど私じゃオスカーさんを運べない」

「……わかった」

「立てますか？　肩、貸しますか？」

「大丈夫だ」

立ち上がり、足を出しかけ止まり、テーブルの上の紙をオスカーが見る。

「セシル」

「はい」

発疹の浮いた右手が、テーブルから一枚を拾い上げた。

「アーベントロート牧場にしよう。個人所有は博打《ばくち》の部分もあるけど、この牧場はすごく客を選ぶ。今のところ一番コールサックが手厚く扱ってもらえる可能性が高い。白銀は個人にすごく人気の高い色だから、きっといい家に引き取ってもらえる」

「……なんで、今……」

セシルは目を見開く。机を両手でバンと叩《たた》く。

「なんで今そういうこと言うんですか！　縁起でもないことするのやめてください！」

「……念のためだ」

そう言ったオスカーがふらついたので、セシルは肩を貸した。涙が溢《あふ》れる。

「……ごめんな」

「何謝ってるんです！　いいかげんにしてください！」

オスカーの手がセシルの右手を取ってくるりと回した。そこに何もないのを確認し、わずかに笑う。セシルはしゃくりあげた。

「今、そんなこと確認してる場合ですかぁ……」

「やぁ。気になるさ。そりゃ」

そのままオスカーの部屋に移動。ベッドに寝かせ、首元のボタンを外し襟を広げる。

「暑かったり寒かったりしませんか？」

「ああ。ありがとう。ちょっと町の様子を見てきてくれ」

「はい」

屋敷の外に出ようとしたら、松明《たいまつ》を掲げた小さな影が走ってきた。

「ピオ」

「セシル！　オークランスは無事か!?」

そう聞かれ、セシルは泣きながら首を横に振った。ピオはそれだけで察した。地面を蹴る。

「……オスカーさんもかよ。……ちくしょう」

「……『も』？」

「あっちもこっちも病人ばっかりだ！　前よりもひでぇ。……『なんでポスケッタばっかり』って、みんな泣いてらぁ」

「……」

「オークランスの様子見てきてくれって町長直々の御指名で走って来た。特別給だぜ」

「ピオ」

「ん？」

「ご家族は?」

ピオが鼻を擦《こす》った。

その指に、ぽたりと透明なものが落ちる。

「母さんと弟。張り付いて横で見てたってしかたないだろ。俺は動けるから、動けるうちは飯のために金を稼ぐんだ。男なんだから」

「……」

「じゃ、行ってくる。セシルは大丈夫だな」

ピオが自分の右手の甲をかざしたのでセシルも同じ動作を返す。うん、とピオが頷《うなず》く。

ピオが言うなら間違いないだろう。セシルはオスカーの部屋に引き返した。

ノックし、返事はないが開ける。そしてベッドの上のオスカーを見て、手にした水差しを取り落とさんばかりに驚いた。さっきは手の甲だけだった発疹が、この短時間で首まで広がっている。

「オスカーさん」

「ん……どうだったセシル。町」

「あっちもこっちも病人ばっかり、前よりひどいって、ピオが」

「……あいつ、家族は」

「お母さんと弟さんが罹《かか》ったそうです」

「……またか」

「『また』?」

「前回、姉さんを亡くしてる。一番あいつが懐いてた……一番上の」

「……」

見ているセシルの前で、オスカーの顔に、発疹がじわじわと上っていく。何がそんなに楽しいのだと思うほど嬉々《きき》として勢いよく、いかにも元気そうに。

怒りが湧く。涙が止まらない。失って、泣いて泣いて苦しんで、それでも痛いのを我慢してなんとか笑って生きようとしてるのに。必死で頑張って、ようやく楽しいことが増えてきたのに。どうしてこれはポスケッタを、オスカーをしつこくいじめるのだと引っ掻《か》いて引っぱたいてやりたい。

でもそれをやれば痛いのはオスカーだから我慢する。

セシルは今、心に決めたことがある。それはセシルがこの嫌なやつに対して投げられる、唯一の石だ。

手首を取られ、ハッとする。オスカーの手がセシルの手首を握っている。

「ダメだ、セシル」

「……何も言ってません」

「飛ぶのは必ず、朝になってからだ。約束してくれ」

「……」

「セシル」

どうしようもない怒りと悲しみがセシルの中で激しい渦を巻いている。

セシルはオスカーを見た。オスカーが目を見開く。

「セシル……」

「目、赤いですか」

「ああ。まるで……」

殺戮《さつりく》の民、トゥランのようだろう。ランフォルに関わる人なら、皆がその伝説を知っている。

「……私の母、すごい行動力のある人で、昔からずっと冒険者になりたくて、十四歳のとき家から一羽ランフォルをかっぱらって家出したそうです。何年も経《た》ってから急に戻ってきて、じいちゃんとばあちゃんに、赤ん坊を差し出したって。『私は今、霧の先、トゥランの里で暮らしてる。私は好きでそこを選んだけれど、この子から人の世界で生きる可能性を奪えない』って。……勝手ですよね何言ってるんだろう。どうせ、いらなかっただけに決まってる。自由な……勝手な人だから、子どもが邪魔で、いらなくて、捨てたかっただけに決まってる！」

捨てられたランフォルの卵を見るたびにセシルは悲しくなる。どうして見放したのだ。愛し、包み、育ててくれなかったのだと。

セシルの涙をオスカーの指がすくった。手のひらには発疹が出ないんだなと、妙なことを思った。

「すいません。あと……『トゥランは殺戮の民じゃない。歴史に都合よく利用されただけ』『もしその子が人の世界に馴染《なじ》めなかったなら、これを吹くように伝えて。迎えに来る』って、笛を一本」

「……吹いたのか」

セシルは首を横に振る。

「一度だけ、じいちゃんとばあちゃんが死んだとき考えました。でも、牧場に、ランフォルたちがいたから」

顔も知らない父母よりも、目の前のランフォルたちのほうがセシルには大事だった。

オスカーが笑った。

「またランフォルか」

「はい。……そんな感じの理由です。気持ちが高ぶるとこうなります。気持ち悪いですか」

「……いいや」

じっと青い目が、セシルを見る。

「うさぎみたいで可愛《かわい》い」

セシルは笑った。また涙が落ちた。

「セシル」

「はい」

「……ちょっと抱き締めてもいいか。全身ぶつぶつで悪いが」

「……」

オスカーが上半身を起こしたので、慌てて支えようと手を伸ばす。

「……返事は?」

「どうぞ……」

「ありがとう」

ぎゅっと抱かれた。顔が熱い。いや、今まで肩を組んだり肩車だったり二人乗りだったりさんざんやってきたのだから何を今更だ。だが、やっぱり顔が熱い。

「セシル」

「……はい」

「頑張ったな」

「……」

「隠して生きるの、ずっと辛《つら》かったな。これまで、よく頑張ったな」

「……」

ぼろぼろぼろぼろぼろ涙が溢れる。

人と違う自分がずっと嫌だった。母親に捨てられた自分も、大好きな人たちを殺した自分も大嫌いだった。

ランフォルがいればいい、ランフォルだけが自分を受け入れてくれる。そう思って生きてきた。

なのに、あったかいなあと思う。人の腕、人の体、人の声って、あたたかい。

「……だからって、トゥランの魔法が使えるわけじゃないです。本当ですよ」

「うん」

「ズルもしてません。不思議な力なんてありません。信じてください」

「うん。わかってる」

ぎゅっと腕に力がこもる。

「わかってる。ズルしてるやつに、あんな真っ黒な日誌は書けない。ランフォルに乗るのが上手《うま》いのも、ランフォルに好かれるのも、全部、ずっと、セシルがランフォルを好きで、一生懸命頑張ってきたからだ」

この人が好きだとセシルは思った。

このまま朝まで腕の中にいられたら、どんなに幸せだろう。

だが、セシルは飛べる。今ポスケッタで、いや全ての牧場の乗り手の中で、唯一セシルだけが。

「でも、この目、一つだけいいことがあるんです」

「なんだ？」

見上げたらびっくりするくらい顔が近かった。

胸が跳ねたのを感じたけれど、セシルはオスカーの腕を振り払い、身を離した。

「夜目が利きます。暗い部屋、ランプなしに字が書けるのがひそかな自慢です。昼と変わりありません」

「……行くな」

「いいえ行ってきます。大人しく寝て待っててください」

「セシル」

「必ず帰ります。コールサックの牧場、ゆっくり考えててください」

「セシル！」

逃げようとしたがぎりぎり手首を捕らえられた。真剣な青い目が、セシルを射貫《いぬ》く。

「俺はセシルにだけは死んでほしくない！」

びっくりして目を見開いた。オスカーの顔が歪《ゆが》む。

「……そうだ。俺は、優等生でも人格者でもない。みんなが今困ってるって知ってるのに、惚《ほ》れてる女にだけは死んでも死んでほしくないって、こんなときにそれだけを願ってるただの自分勝手な馬鹿男だ。頼むから、飛ぶのは朝になってからにしてくれ。夜の空は本当に危険なんだ。……頼む」

涙が止まらない。こんな言葉を、この人にこんな顔で言ってもらえるなんて思ったことさえない。力で敵《かな》うわけがないので、ちゅ、とその手に口づけしてみた。びっくりしたようで離れた。ぴょんと跳ねて距離をとる。足には力が入らないらしい。

「セシル……」

「お互い様です。私だって、死ぬかもしれなくても、オスカーさんに死んでほしくありません。だから飛びます。……最初の発疹、消えてますよ、オスカーさん」

オスカーが右手の甲を見る。真ん中だけ白い。セシルは泣きながら、笑った。

「『町のために飛んでくれ』って、今、オスカーさんに言われたら、きっと私、飛べなかった。元気出ましたありがとうございます！　治ったらもう一回、聞かせてください。行ってきます！」

それ以上聞いたら決意が鈍りそうだったから、慌てて扉を閉めた。自分の部屋に走る。

ポスケッタの雨は止《や》んだが、途中で降っているかもしれない。着替えが何枚かいる。食料、水、火を熾《おこ》せるもの。地図。あれやこれやと鞄《かばん》に詰めて、着替える。あの日の青い騎乗服にした。ポスケッタの青。

裾をひらめかせて外に出ると、人がいた。松明を持った、見たことがある人たち。町長と町の人数名だ。その中にアランがいた。

アランがセシルの前に立った。騎乗服を纏《まと》い荷物を持つセシルを頭から爪先まで見て、がばと地面に伏せ頭を地に擦りつけた。雨でぬかるんだ泥が跳ねる。

「アランさん!?」

「……俺は、飛ぶなと、……セシルに言わなきゃいけないんだ」

「アランさん……」

「『飛ぶなセシル』って言わなきゃいけない。オスカーの代わりに、そう言わなきゃいけないんだ。……なのに、すまん……セシル……」

泥に汚れて震える逞《たくま》しい肩。あのアランがこうなる理由を、セシルは一つしか思いつかない。あの日揃《そろ》って揺れていた、赤いフォルトナの花が脳裏に蘇《よみがえ》る。

「……ヘレナさんも?」

「……もう、発疹が消えてきた。……もうすぐ、予定日なのに……ちくしょう!」

アランの拳が地を打ち、力なく垂れ、泥まみれの砂利を握る。

「すまん……すまん……セシル。俺たちはいつもこうだ。いつもいつも最後はオークランスに頼って。責任全部押し付けて。いつも、……いつも、いつもいつもいつも!」

セシルはしゃがみ、アランの震える肩をぽんと叩いた。

「アランさんのお野菜はいつも美味しい。アランさんはお野菜作るのが上手いから、お野菜を作る。いっしょだよ。オークランスは飛べるから飛ぶ。アランさんだって自分が飛べるならきっと今、飛んだよ。……やることを、必要なときに、できる人がやるだけだよ」

「……」

「私は飛ぶ。だって、私は飛べる。……それしかできないから。だから、飛ぶね」

町長が紙をセシルに差し出した。

「今のポスケッタの情報を書き出した。薬代の請求先もだ。サインはしてある。渡せばわかる」

「わかりました」

「……すまない」

「いいえ」

「セシルさん！」

少年の声がした。ニコルが走って来た。

「ニコル、大丈夫？」

「はい。運がいいことに家族もです。患者さんを集めたところで手伝いしてます。お前はオークランスに行けって母が。これまでオークランスにもらい続けたたくさんのご恩を、今少しでも返せって。どうか俺に、オスカーさんとランフォルのお世話をさせてください」

「……ありがとう」

ぎゅっとニコルを抱き締めた。身を固くしたものの嫌がられはせず、ぽんと背中を叩かれる。

「……朝まで、どうしても待てないんですか?」

「うん。……オスカーさんの発疹が、消えてきちゃったから」

「……そうですか」

遠慮がちに、それでもぎゅっと抱かれた。

「気を付けてください。……こんなことしか言えなくて、役に立てなくて、すいません」

「ううん。来てくれてすごく嬉しい。ニコルなら安心して任せられる。ありがとう。みんなをお願い」

「……はい」

皆と別れ、セシルは牧場を走る。

誰に頼むか、迷うまでもなかった。

まるで呼ばれたかのように、一羽の黒いランフォルが、厩《うまや》の中から出てきた。

大きく、立派になった。優しいのは初めからだった。

首を撫《な》でる。優しく髪を食《は》まれる。

「……行ってくれる?」

ググルゥ、ググルゥ、と優しく鳴く。いいよ、と言ってるみたいに。

「アルコル」

ググルゥ、ググルゥの声を聞きながら、ぎゅっと抱き締める。

アルコルに跨《また》り、よし、とセシルは笛を吹いた。アルコルは飛ばない。

やっぱり夜だからだろうかと思ってからセシルは、自分が腰の金具を付けていないことに気が付いた。

「……嘘《うそ》だ……」

子どもの頃から毎日やっていたことを、初めて忘れた。顔が赤いのが自分でもわかる。

恥ずかしい。ランフォル乗りとしての基本中の基本。息をするようにできるはずのことだった。

だがいつまでも恥ずかしがってもいられない。座り直し、締める。引っ張って念入りに確認する。

大丈夫。

ありがとう、とアルコルを撫でる。アルコルが気付いてくれなかったら、セシルはどうなっていたかわからない。オスカーも、ポスケッタの町の人も。

そこまで考えて、背筋がゾクリとした。今自分の肩に乗っているものの、あまりの重さにだ。

セシルがオスカーに生きてほしいと願う気持ち。この何人分、何十人分、何百人分が乗っている。

どうか愛する人に薬を。どうか一秒でも早くと。

失敗できない。途中でセシルが死ねば、何人の人が死ぬことになるのかわからない。

笛を持つ手が震えていた。怖い。飛ぶ前に、セシルは初めて、そう思った。

それでもセシルは笛を吹いた。どうしても手放したくないものが、セシルにもあるからだ。

恐れを知らぬように黒い羽が広がり、一直線に空を縦に切り裂き飛び上がった。

おなかがぞくぞくする。こんなときでさえワクワクする。やっぱりこの瞬間が、セシルは好きだ。

一面に星が瞬いている。誰かに守られているような気になる。

山が右手、森が左手。奥に湖。大丈夫、ちゃんと見える。

見えすぎるこの目は、普通の人には何が見えないのかをセシルに教えてくれなかった。一つ、一つと祖父母と確認し、なるべくぼろを出さないよう、普通の人間のふりができるよう、セシルは頑張った。

見えることが嬉しくなかった。セシルが異端であることを、親に捨てられた子であることをセシルに思い知らせ続ける、嫌な嫌な目だった。

それが、今日、役に立つ。それならばセシルは、この目に生まれてよかった。今日まで生きていてよかった。

オスカーと見たあの日の地図を思い出す。目印を確認しながら、正確に進む。恐れずに進むアルコルを見ながら思った。セシルは今、ランフォルと同じものを見ているのかもしれないと。

セシルとはいったいなんなのだろう。人か、トゥランか、ランフォルか。あるいはそのいずれでもないのだろうか。

暗い空をたった一人。否、アルコルと飛んでいる。セシルの周りは全部黒ばかりだ。

「痛っ」

何かが顔に当たった。たらっと何か流れたので多分切れた。カブトムシだったら痛いぞと思う。待ってほしいクワガタだったらそのまま突き刺さるんじゃないだろうか。怖い。

勢いよく飛ぶうちに、地図上の最短距離の線に乗っていると気付きハッとする。軌道をオスカーの道に修正した瞬間に、さっきまで行こうとしていた道に、下から何かが吹き上がったのをセシルは見た。

「……底なし沼、伝説じゃなかったですよオスカーさん」

ぽそりと呟《つぶや》く。背筋が寒い。

急ぎすぎるな、急ぎすぎるなと自分に言い聞かせながら笛を吹く。アルコルの冷静さが、熱くなりそうなセシルを冷静なほうへ引っ張ってくれるのがありがたい。

飛んで、飛んで、飛んで、いつかの山の上にセシルは降り立った。洞窟に、アルコルとともに進む。

火を熾し、アルコルの体を入念に確認する。

「ありがとう。どこも痛くない？」

ググルゥと鳴いたのち、アルコルがそっとくちばしをセシルの額に当てた。

「あ、そうだ痛いんだった。思い出させてくれてありがとうアルコル」

もう血は乾いただろう。ゴーグルに血が垂れたら困るけど、そういうわけでもないのでセシルはほっとくことにした。

アルコルにごはんを食べてもらい、気持ちいい場所に座ってもらう。虫よけの香と、こよりで下げたコイン。

「……」

頭を下げてからパンをもぐもぐとただかじり、食べ終わって布を広げ横になった。何かに引かれたようにふと見れば、洞窟の出口の近くに石の山があった。平たい石が、崩れたように散らばっている。

「うっ……」

ただ楽しくて、美味しくて、穏やかであたたかくて明るかった。そういう日が、あそこで確かにあった。

目を閉じればちらつく、最後に見たオスカーの顔。

もう発疹が消えてしまっているかもしれない。もう、息をしていないかもしれない。

考えるな、考えるなと自分に言い聞かせる。丸くなって目を閉じる。

「休憩するのも仕事」

ぎゅっと目を閉じる。何も考えるなと言い聞かせる。

涙が落ちる。荒くなる息を飲み込む。ダメだ。大きな声で叫びたい。

のしりと何かが近づいた。ググルゥと巻くように鳴く。

「……アルコル」

その体を反射的に撫で、ぽすんとうずまった。

うわあああああと声を上げてセシルは泣いた。セシルの声が洞窟にわんわんとこだまする。

悔しい。無性に悔しい。なんであの町のみんなばっかり、何度もこんな目に合わなきゃいけない。

失って、悲しんで、それでも生きようと、みんなが頑張っていたのに。

そして、怖い。一人なのがすごく怖い。背負ったものが重すぎて、今にも押しつぶされそうだ。

今、本当に休憩していいのだろうか。ここで時間を取ったせいで、誰かが死ぬかもしれない。それがオスカーかも、ヘレナかも、そのおなかの子かも、ピオの家族かもしれない。セシルには本当にこれでいいのかわからない。何が飛んでくるかわからない空を飛ぶのが怖くて、笛を吹くのが怖くて怖くて仕方がない。

泣いて、泣いて、目と鼻が痛くなって、体の向きを変える。鼻が詰まって息ができない。

「ごめんね、うるさかったね」

ググルゥ、とアルコルが答える。いいよ、と言ってくれたということにする。

『休憩するのも仕事』。誰かの声を信じ、目を閉じた。すうと辺りが暗くなった。


「ふう」

中央薬師所。

備え付けのベッドで短い眠りを終え、まだ日の昇らない真っ暗な外を見てから茶を淹《い》れ、所長アーダルベルト＝ハーゲンはランプの明かりの中、各地から届いた要望書、嘆願書に目を通していた。

毎日あっちからこっちから、あれが欲しいこれが欲しいと、矢のような催促だ。

まったくこれらを実現するのに、いったいどれだけの金と人員が必要か、考えたことがあるやつがこの中にいるだろうかと頭が痛くなる。

日々の業務でさえ回すばかりで手一杯なのに、実に頭が痛い。だいたいこんなものは自分たちではなくお上が考えるべきことだろう。何故《なぜ》自分たちに回すのだ。回すならばそれ相応の予算と人手を併せて回してもらわねば何もできんわと歯噛《はが》みする。

どれも小さな町や村、集落からの要望だ。お偉いさん、権力者の大きな声は命令という形で問答無用で下りるのに、小さな声はこうして『一応は薬師所に回してある』という体《てい》だけとって永遠に箱の中だ。アーダルベルトもこうして合間合間に目を通しているものの、優先してやるべきことが他に多すぎて、それらはこの部屋に吹き溜《だ》まったまま片づけられない落ち葉のように折り重なっている。

アーダルベルトだってこれらを燃やすほど人でなしではないが、ただこうしているのは燃やしているのと何が違うのだろうと、ときどき思わないでもない。

夜、かさかさ、かさかさ、とこれらからは音がする。どうか助けてくれ、救ってくれと泣きながら身を震わせる。気のせいだと背を向け耳を塞いでも聞こえてくるその音のせいで、アーダルベルトの睡眠時間は年々短くなる一方だ。

「所長！」

「なんだこんな時間に騒がしい。何が爆発した」

「していません！　緊急の依頼書を持つ使者を乗せた、ランフォルが来ました！」

「馬鹿を言うなまだ日も昇ってないではないか。こんな時間に人を乗せて飛べるランフォルなどいるものか」

「それが飛んできたのです。しかも、ポスケッタからだというのですよ！　夜通し飛んだようで、乗り手が傷だらけなんで今治療中です」

「……」

信じられない思いでアーダルベルトは廊下を進んだ。庭で待つと言うのを中に通し、治療してソファで休ませたという。

扉を開け、正面のソファに眠るものが持ち上げる布の薄さに、アーダルベルトは衝撃を受けた。少女だ。布から覗《のぞ》く手首が折れそうに細い。長いまつ毛が織り合わさって震え、白い肌のあちこちに傷があり、薬が塗られている。

見つめるアーダルベルトの前で少女の眉がピクリと動き苦しげに寄り、閉じた瞳から雫《しずく》が溢れ、つうと頬を伝って落ちた。

「……所長」

「なんだ」

「その子の落とし物です。首から下げてたようですが、紐《ひも》が切れてたみたいで」

「……」

受け取った小さな布の袋から、かしゃんと何かが落ちた。拾う。

「……髪飾り……？」

もう少し小さい女の子が喜ぶような、貝と石でできた素朴な髪飾りだった。

「……」

呆然《ぼうぜん》とまたソファの少女を見る。

ポスケッタから、彼女は飛んだ。夜の空を、命を懸けて。

こんな華奢《きやしや》な少女が、きっと何かの思い出なのだろうこんな小さく素朴なものを、お守り代わりにして頼り握りしめて。

彼女が持って来たという書面に目を通す。内容は記憶にあるものだった。何年かに一度のその偶然のためにそんな金がかけられるものかと思った自分を思い出す。

それはまた同じ場所で起きた。一度は逃れ、生き延び、なんとかその先を生きていこうとしていた人々を再びそれは襲った。だからこの少女は飛んだ。薬が欲しくて。誰かを助けたくて。傷だらけになって、町の命を全て背負って一人、夜の空を泣きながら命懸けで。

アーダルベルトは眉間を押さえた。

「職員を起こして製薬に入れ。超特急だ。遅れるだけ人が死ぬから、この子は夜を飛んだのだ」

「……はい」

慌ただしく職員が走る。

苦しげに眠る少女をアーダルベルトは、老いた瞼《まぶた》を震わせて、じっと見ている。


朝を迎えたポスケッタの町は、静かだった。

夜のうちにオークランス牧場のセシルが中央に向かったと聞き、人々は複雑な思いを抱いた。同じことが過去にあり、それは大きな悲劇になったからだ。

もちろん建前を取っ払えば、飛んでくれるなら一秒でも早く飛んでほしいという思いが患者の家族にはある。誰だって身内が大事だ。

だからと言ってそのために他人に死ねと言えるほど、この町の人間たちは悪ではない。できるなら無事に帰ってきてほしい。できるなら、ほんの少しでも早く。

だが歴史あるオークランス牧場の長男にもできなかったことを、あの華奢な女の子にできるのだろうかと、皆、不安と期待、贄《にえ》を捧《ささ》げたかのような罪悪感の入り混じった気持ちで、空を見上げている。

ポスケッタ中央の広場に大きな丸が描いてある。町のちょうど真ん中なので、薬を降ろすならここでと町長がセシルに伝えている場所だ。セシルが戻ったら一斉に配達するために、馬やロバをあっちからこっちからかき集めて用意してある。

じりじりと過ぎていく時間に俯《うつむ》き言葉もなく座り込んでいる人々の顔に、影がかかった。顔を上げる。太陽を遮る大きな羽。

ポスケッタの人々は、他の地域の住人よりもランフォルを見慣れている。古くからオークランス牧場があり、日常的にその飛ぶ姿を目にしているからだ。

だからこそ彼らは思った。『野生のランフォルが人里に現れた』、と。

その黒いランフォルがあまりにも悠々と、あまりにも自由であるように見えたためかもしれなかった。

「セシル！」

声を上げたのは野菜屋の小僧、ピオだ。泣きながら天に向かって手を振り、ぴょんぴょんと跳ねている。

「セシル！」

声が上がる。家々の窓が開く。人々が天を見上げる。

風が起こり、丸の真ん中に黒が降り立った。漆黒のランフォルの背中に華奢な少女が跨っている。

「お待たせしました！　薬！　一匙《さじ》を、苦いから水で薄めて飲んでくださいだそうです！　ハイお願いします！　オークランスの分はもらっていきます！」

走り寄った町長に袋を渡すが早いか、再び笛を口に当て彼女は飛び去った。一瞬あっけに取られたような空気ののち、わっと歓声を上げて人々が町長のもとへと走り寄った。


オークランスの屋敷は静かだった。

そっと中に入る。ニコルの姿は見当たらない。ランフォルの世話、あるいは夜通しの看病に疲れてどこかで眠っているのかもしれない。

水を汲《く》み、いつかお祭りでもらったコップを持って走る。部屋の扉を開ける。

オスカーは寝ていた。まだ額に若干の発疹が残っている。水の中に薬を入れ、混ぜてから飲ませようとして、どうしようかと思う。相手は寝ているのだ。大事な薬が、このままじゃ顔にバシャーで終わる。

「……不可抗力ですよ」

言い訳してからセシルは薬を口に含み、オスカーの唇にそれを重ね、薬を流し込んだ。零《こぼ》してはいけないから少しずつ、何度も何度もそうした。ランフォルの親子みたいだなと思う。

ようやく全ての薬を飲ませ、じっと顔を見る。すぐに効く薬だと言っていたけど、見た目からはあんまりわからない。

最後に、発疹の消えた頬に、そっと唇を当てた。今回セシルは結構頑張ったし、思い出としてそれくらいもらってもいいかなと思ったから。

立ち上がり自室に歩む。この屋敷に来たときに持って来た鞄を取り出し、私物を詰める。

私物と言ったってそんなに量はない。最低限の服くらいだ。それに、お誕生日にみんなにもらったプレゼント。水色の石、もったいなくて使えなかった黒色の羽根ペン、ハンカチを、そっと撫でてから鞄にしまった。

へとへとで傷だらけなので最後に温泉に入りたかったけどそんな時間はない。ランフォルたちに挨拶もしたかった。町のみんなにもだ。

だが、そんな時間はない。セシルは早く、ここから消えなくてはいけない。

セシルは改めて気付いてしまった。自分の異質さに。セシルはもう自分が人間なのかさえわからない。

後半はもう、ランフォルになってアルコルと一緒に飛んでいるような気さえした。どちらに行けば彼が快く、次に彼の体のどこが動くのかが手に取るようにわかるような気がした。

景色は思っていた以上に遠くまで見えた。昼間のように。やはり自分は、おかしいのだ。このまま ここにいたら、セシルがおかしなもの、忌まれる種族の血を継ぐことがきっといつかオスカー以外の誰かにバレるだろう。

そのとき、傷つくのはセシルではない。育てたランフォルの名前の横にセシルの名を入れてくれる優しい牧場主と、その牧場の名だ。そしてそこで育てられたランフォルたちの名誉だ。おかしな飼育員を雇っていた牧場。それに育てられたランフォル。オスカーが必死で背負い、守ったもの。

玄関の扉に手をかけた。ここを、引けばいいだけ。そうすれば一生、オスカーに迷惑はかからない。

手が震える。ぼたぼたと落ちたものが床に丸を描く。嗚咽《おえつ》を飲み込んで、セシルは必死でそれを引こうとした。

「お散歩か、セシル」

背中の後ろに少し掠《かす》れた声が掛かった。セシルは振り向かない。

「……はい。ちょっと、気分転換に」

「でかい荷物持って?」

「腕の訓練も兼ねて」

「へえ」

沈黙。

「……なんて言ったら、『散歩』に行かないでくれる。セシル」

「……」

「教えてくれ。……俺はもう、泣きながら薪《まき》を割るのは、二度と嫌なんだ」

嗚咽を飲み込む。ぼとぼとと涙が落ちる。振り向けばオスカーだって同じ状況だろう。声が震えているから。

「……オスカーさんに、迷惑がかかる」

「かけろよ」

「また貧乏くじだ」

「引いたことない。俺はそのときに、一番好きなものを大事にしてきただけだ」

「……変な子が、生まれるかも」

「そこまで考えてくれたか、話が早くて助かる。大丈夫だ。育ててりゃどんな子もみんな可愛い」

「……オスカーさん」

「ん?」

セシルは俯いたまま振り向いた。

傷だらけになった腕を出す。

「なんかいっぱい飛んできて、痛かった」

「夜はそうなんだよ。痛かったな」

オスカーの手が伸び、ブルブル震えているセシルの腕をそっと取り、握る。

「……怖かった。失敗したら、死んだら、みんなが死んじゃうって、ずっと怖かった」

「うん。頑張ったな」

「オスカーさん」

「なんだ」

「……私、もう、一人でごはん食べるの、嫌だぁ……」

荷物を取り落とし、声を上げておいおい泣き出したセシルを、オスカーが引き寄せ腕に抱いた。その背中をセシルはポコポコ叩く。

「一人で平気だったのに。ずっと大丈夫だったのに。全部、みんな、オスカーさんのせいなんですよ」

「そうか。なら責任取る」

ぽん、と大きな手のひらが、優しく背中を叩いた。

「一緒に食おう。オークランスは飯がうまい」

叩くのをやめ、ぎゅっとしがみついて泣く。

セシルはもう、このあたたかいものを知ってしまった。どうやったらあの扉を開いてひとりぼっちに戻れるのか忘れてしまった。

オスカーには本当に申し訳ないと思うけど、とんでもない特大の貧乏くじだけど、セシルはどうしても、ここにいたい。

たくましい腕が、大きい手が、しがみつくセシルを包んで守るように、優しく抱く。

「ここにいてくれ。泣きたいときは、ここで泣いてくれ。頼むよ、セシル」

うえぇんと声を上げる。

明るい光が差し込んで、二人の姿を照らしている。


アランは走っている。オークランスの広い庭を。

ヘレナはみるみるうちに回復した。目覚めて一番に気にしたことはやはりおなかの子のことで、産婆さんに来て見てもらった。元気に動いているし、問題ないだろうとのことだった。

勝手知ったるオスカーの家。勝手に玄関を開けてオスカーの部屋に向かったアランは、ドアの前に少年が立っていることに気付いた。ニコルだ。

「ニコル、オスカーは」

振り向いた子どもが、唇の前に指を立てている。

扉の隙間から、アランはそっと中を覗き込んだ。

大きなソファの上。オスカーとセシルが互いにもたれ掛かりながら、穏やかな顔ですうすうと眠っている。

その手の先は重なり、セシルの細く白い手が、オスカーの大きな手に包み込まれるようにして握られている。

「……」

「……」

無言のハイタッチ。男に言葉はいらないのだ。

小さな町ポスケッタに、人々の歓喜の叫びと嬉し泣きの声が響く。

それをこの町に運んだ小さな英雄は、ようやく見つけた安心できる場所で、静かにその傷だらけの羽を休めている。

あとがき

作者の紺染幸《こんぞめさち》です。この度は本作をお手に取っていただき、誠にありがとうございます。

元気で可愛《かわい》い女の子が書きたいなという気持ち（偏屈なお婆《ばあ》さんを書いていた時期があったのです）と、『空を自由に飛びたいな』という夢が、このたびセシルとランフォルたちの世界につながりました。

いつも一生懸命で、泥んこなのに嬉《うれ》しそうに笑っているセシルが愛《いと》しくて、彼女が傷だらけなのが苦しくて、ようやく安心して泣けたのが嬉しくて、執筆中は幾度か画面が見えなくなり、文字を打つ手が止まりました。

オスカーは思った以上にお母さんで自制心が強く、途中から彼が頑張ってるのがちょっと楽しくなってしまいつい岩肌を転がしたりしてしまいましたが、真面目で優しい、いい男だなと思っております。本当です。

田舎の広い草原で大きな鳥を育て空を飛び、朝昼晩美味《おい》しいものをおなかいっぱい食べ、お祭りで歌い踊り、一年に一度の大舞台に日々備える、地味で忙しく楽しい牧場の毎日。

出会いの春、育ちの夏が終わり次は秋冬。またその次の年、次の年。これからのオスカーとセシルが誰と出会いどんな日々を送るのか。ランフォルたちがどう巣立ち、今度はどんな雛《ひな》が生まれるのか。機会がありましたら是非、また牧場の様子を見に来ていただければと思います。

このたびは本作をお読みいただき、誠にありがとうございました。

祝・一巻発売！
セシルのかわいさとオスカーのかっこよさと
ランフォルのもふもふ具合をうまく
表現できていたら幸いです。皆かわいい！
二巻も楽しみにしています！

作品のご感想、
ファンレターを
お待ちしています

あて先

〒141-0031　東京都品川区西五反田 8-1-5 五反田光和ビル4階
ライトノベル編集部
「紺染幸」先生係／「凩はとば」先生係

スマホ、PCからWEBアンケートにご協力ください

アンケートにご協力いただいた方には、下記スペシャルコンテンツをプレゼントします。
★本書イラストの「無料壁紙」　★毎月10名様に抽選で「図書カード（1000円分）」

公式HPもしくは左記の二次元バーコードまたはURLよりアクセスしてください。
▶ **https://over-lap.co.jp/824007704**
※スマートフォンとPCからのアクセスにのみ対応しております。
※サイトへのアクセスや登録時に発生する通信費等はご負担ください。

オーバーラップノベルスf公式HP ▶ **https://over-lap.co.jp/lnv/**

飼育員セシルの日誌 1
～ひとりぼっちの女の子が新天地で愛を知るまで～

発行　2024年3月25日　初版第一刷発行
著者　紺染幸
イラスト　凩はとば
発行者　永田勝治
発行所　株式会社オーバーラップ
〒141-0031
東京都品川区西五反田8-1-5
校正・DTP　株式会社鷗来堂
印刷・製本　大日本印刷株式会社

ISBN 978-4-8240-0770-4 C0093

【オーバーラップ　カスタマーサポート】
電話　03-6219-0850
受付時間　10時～18時（土日祝日をのぞく）

雨傘ヒョウゴ
ill.LINO
ウィズレイン王国物語
～虐げられた少女は前世、国を守った竜でした～
コミックガルドにて
コミカライズ！
前世は竜。今世は令嬢!?
友と死にたかった竜は、
共に生きる意味を見つける――。
男爵令嬢エルナはある日、竜として生きた前世の記憶を思い出した。
初代国王である勇者を背に乗って飛び回ったそんな記憶。
しかし、今世は人間。人間としての生を楽しもうと考えていた。
そんな矢先、国の催しで訪れた王城で国王として
生まれ変わった勇者と再会し――？
OVERLAP NOVELS f